U0106298

四大名著・漢語拼音版

紅樓夢

原著 曹雪芹

新雅文化事業有限公司
www.sunya.com.hk

目錄

人物介紹

賈政：正統的封建士大夫，一心希望兒子寶玉能考取功名。

賈母：賈府極具權威的老祖宗，賈政的母親，賈寶玉的祖母。

賈寶玉：賈政的兒子，銜玉而生。

林黛玉：賈寶玉的表妹，敏感多情的才女。

薛寶釵：賈寶玉的表姐，
溫柔守禮。

王熙鳳：賈璉的
妻子。寶玉的堂嫂。
精明能幹。

史湘雲：賈母的侄孫女。
活潑可愛的史家小姐。

賈探春：賈府三小
姐、寶玉同父異母的
妹妹，辦事果斷，有
勇有謀。

妙玉：帶髮修行的尼姑。孤傲、清高。

劉姥姥：精通人情世故的鄉村老婦。

賈迎春：賈寶玉的堂姐，賈赦之女，善良、懦弱。

晴雯：寶玉的丫鬟，美麗機敏，高傲倔強。後被趕出賈府而死。

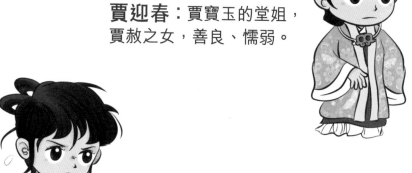

嘿！

薛蟠：寶釵的哥哥。是個紈袴子弟，不學無術。

嗚～哇哇哇哇～

香菱：小時被人販子拐走，長大後被薛蟠強佔為妾。為人安靜溫柔。

鴛鴦：賈母的丫鬟。自尊自愛，蔑視權貴。

賈璉：王熙鳳的丈夫。寶玉的堂兄。

孤女林黛玉上京都

傳說女媧娘娘用石頭補天時，用了三萬六千五百塊，剩下一塊沒用上，丟在青埂峯下。

這塊石頭因為被女媧娘娘鍛煉過，便有
了靈性。它見到別的石頭都可以補天，
只有自己不能，心裏十分難過，日夜歎
息。這一天它正在歎息間，看到一個和
尚和一個道士說說笑笑地來到峯下，他
們先說了一些雲山霧海的神仙之事，接
着又說到人世間的榮華富貴。石頭聽得
很羨慕，就求他們說：「兩位大師，人
間這麼好玩，請你們帶我見識一下吧。」
和尚和道士說：「好的，但是要把你變

一變才行。」他們用手指一點，石頭立刻變成一塊扇墜般大小的美玉，和尚說：「要在上面寫上幾個字才好，這幾個字就是：『通靈寶玉』吧。」之後他們就把石頭帶下山去了。本書所講述的故事，就是這塊石頭在人間經歷的事情。

也不知道過了多少年，有一天，一個空空道人訪道求仙，來到青埂峯下，看到一塊大石頭上面刻着很多字。他上前一看，原來上面刻的就是這塊石頭下到人間後所經歷的種種故事。空空道人看完後對石頭說：「石兄，你說的這些

故事很有趣，但是它沒有寫明是什麼朝代發生的，裏面也沒什麼大事件，只不過是寫幾個美貌有才華的奇女子，我怕世人不喜歡看呢！」石頭笑着回答說：

「我這故事沒朝代才特別，而且我故事中的這幾個女子，都是我半世親自見聞的。她們的故事很特別。我只想給人們茶餘飯後一個有趣的閱讀而已，您認為如何？」空空道人想了想，認為它說得也有道理，而且它的故事也確實很好，於是就把它從頭到尾抄了下來，流傳於世。

蘇州有個叫林如海的官員，他有一

gè dú shēng nǚ ér jiào
個獨生女兒叫

lín dài yù　　dài yù
林黛玉。黛玉

zhǎng de fēi cháng piào liang　　ér
長得非常漂亮，而

qiě hěn cōng míng　　kě shì shēn tǐ hěn ruò
且很聰明，可是身體很弱，

jīng cháng shēng bìng　　ér qiě tè bié ài kū　dài yù wǔ suì
經常生病，而且特別愛哭。黛玉五歲

時，林如海請了一個叫賈雨村的人做黛玉的老師，在家裏教黛玉讀書。黛玉六歲時，她母親生病去世了。黛玉失去了母親，非常傷心，這時黛玉住在京城的外婆想到黛玉沒有母親，就派人來接黛玉到京城和他們同住。林如海也覺得黛玉在外婆家能得到更好的照顧。於是安排賈雨村送黛玉去京城，林如海還寫了一封推薦信給黛玉的舅舅賈政，賈雨村因此做了官。

寶黛初逢似相識

黛玉的外婆家在京城裏有錢有勢，她的舅舅賈政是京城裏的大官，黛玉一來到外婆家，就覺得外婆家和別人家完全不同，金碧輝煌，非常有氣勢，家裏還有很多美麗的丫頭。黛玉才進房，就見到兩個人扶着一位鬢髮如銀的老太太走來，黛玉知道是外婆——賈母，正要下拜，賈母已一把將黛玉摟在懷裏，心肝寶貝地叫着，大哭起來，黛玉也哭個不停。這時候，三個年齡和黛玉差不多的姐妹走進來了，她們是舅舅的女兒迎

chūn tàn chūn hé xī chūn jiù jiu hái yǒu yí gè dà nǚ ér
春、探春和惜春。舅舅還有一個大女兒

jiào yuán chūn jià dào huáng gōng li qù le dà jiā zhèng shuō de
叫元春，嫁到皇宮裏去了。大家正說得

高興，忽然聽見外面有人大聲說：「哎呀，我來遲了，沒有迎接遠客！」

黛玉心裏想，這裏人人都輕聲細氣的，誰敢這麼放肆無禮呢？這麼想着，就看見門外進來一個衣着十分華麗的女人。她長着一雙美麗的丹鳳眼，頭髮上面戴着一個鳳凰一樣的金釵。黛玉不知道該怎樣稱呼她，眾姐妹忙告訴她：「這是璉嫂子。」黛玉這才知道她原來就是表哥賈璉的妻子王熙鳳。鳳姐拉着黛玉的手，上下仔細打量了一番，笑着對賈母說：「哎喲，妹妹長得真是漂亮哦，天底下哪有這麼標致的人啊！」賈

母聽了很高興。鳳姐又對黛玉說：「妹妹住在這裏不要想家，想吃什麼，想玩什麼就告訴我。」

晚飯後，賈母和黛玉正在閒聊，這時有丫頭說：「寶玉來了。」隨着腳步聲進來了一個年輕的公子，他長相俊美，衣着華貴，特別引人注意的是他脖子上有一塊玉，上面還刻着字：「通靈寶玉」。黛玉見到這個公子吃了一驚，心裏好生奇怪，倒像在哪裏見過，又想起以前聽媽媽說，二舅舅的兒子很奇怪，出生的時候嘴裏含着一塊玉，所以起名叫寶玉，想來他應該就是寶玉表哥

了。寶玉早看到
這個可愛的表
妹，他高興地
說：「這個妹妹
我曾經見過的。」賈母笑道：

18

「你又胡説了，你什麼時候見過她？」

寶玉笑着説：「雖然未曾見過，但心裏覺得是舊相識，因此今日就當久別重逢吧！」接着，他拉着黛玉的手問：「妹妹也有玉嗎？」

黛玉回答「沒有」，誰知寶玉聽了，突然把玉摘下來，狠命摔在地上，生氣地説：「什麼稀奇的東西，還説靈不靈呢，妹妹沒有我也不要了。」眾人嚇壞了，連忙去拾起來，賈母則騙寶玉説黛玉也是有玉的。寶玉聽了才肯重新戴上。

賈雨村亂判葫蘆案

賈雨村沒做黛玉的老師之前住在葫蘆寺，他的鄰居是一個叫甄士隱的人。

甄士隱家境富裕，但他淡泊功名利祿，平日以種花吟詩為樂。他覺得賈雨村很有才華，所以常請賈雨村一起喝酒吟詩。當他知道賈雨村想上京考試，又主動送錢給賈雨村。甄士隱有一個女兒，名叫英蓮，長得十分乖巧可愛。甄士隱夫婦非常疼愛她，可就在英蓮三歲時，元宵節僕人抱她去看花燈，竟不小心把英蓮弄丟了，找來找去也找

不着，甄士隱夫婦非常傷心。三月十五日，葫蘆寺不小心失火，把甄士隱家的房子也燒了，他們只好回到了鄉下。經過了連番變故，甄士隱毫無心緒，有一日他遇到了一個道人，便跟着那個道人走了，不知道去了什麼地方。

由於黛玉舅舅的推薦，賈雨村當上了官，他上任不久，就接了個人命官司，有馮家人來告狀說：「有個叫薛蟠的人，為了和我們家的小主人爭一個丫頭，竟把我家的小主人打死了。打死人後薛蟠就逃走了，薛家有錢，又有親戚在做官，我們告了一年也沒人為我們

作主。」賈雨村聽了大怒，說：「打死了人，怎麼能白白的就走了？要把他抓回來。」說着就要派人去捉拿薛蟠。正當他要下令時，突然站在他旁邊的一個小吏咳嗽一聲，又向他使眼色。賈雨村覺得奇怪，不知有什麼緣故，就下令退堂。

到了後堂，小吏告訴賈雨村說，他就是當年葫蘆寺的小和尚。賈雨村仔細一看，這才想起。賈雨村問小吏為何阻止他捉拿薛蟠，那小吏交給賈雨村一張紙，原來那是一張「護官符」，上面寫的是京城賈、史、王、薛四個大家族的

事，這四大家族都有錢有勢，而且都是親戚，如果想做官就不能得罪他們當中的任何一家。被告的薛蟠就是薛家的兒子，也是賈府王夫人的親姨甥，他家裏只有一個母親和一個叫薛寶釵的妹妹，現在都住在賈府。薛蟠是個紈褲子弟，不學無術，到處惹事生非，很多人都很怕他。小吏還告訴賈雨村，那個被搶的丫頭就是當年甄士隱的女兒英蓮。賈雨村聽完，想了想，覺得不能得罪賈府和薛家，於是就胡亂判案，判薛蟠賠錢給馮家，不再捉拿他。英蓮就被薛蟠帶回自己家了。

鳳姐鐵檻寺亂弄權

賈府由榮國府和寧國府兩部分組成。榮府是黛玉的大舅舅賈赦、二舅舅賈政一家，寧府是賈政的堂侄賈珍一家，賈珍有個兒子叫賈蓉，兒媳婦叫秦可卿。秦可卿長得很漂亮，而且待人也和善，賈府所有的人都很喜歡她。可是這一年冬天，秦可卿得了重病，鳳姐和她要好，於是經常過寧府來探望她。秦可卿的病總不見好，有一天晚上，鳳姐剛睡着，就夢見秦可卿來找她，她說了些奇怪的話，說賈府快不行了，雖然現

26

在這麼有錢，可是總有一天會什麼都沒有的，她現在要走了，請鳳姐早做打算，自己保重。鳳姐嚇得驚醒，一醒來就有丫鬟來告訴她，秦可卿剛剛去世了。

賈珍父子很傷心，花了很多錢隆重

地 給 秦

可 卿 辦 喪

事。賈 珍 的

妻 子 身 體 不

舒服，不能幫他打理

喪禮和家務，賈珍很着急，寶玉便說可

請鳳姐來幫忙管理。賈珍便去請鳳姐。

鳳姐想讓大家看看自己的本事，便爽快

地答應了。鳳姐每天一早就來到寧府，

將各人點了名後，就安排僕人的工作，

安排得井井有條，如果需要買東西的就

到她那裏拿錢，如果有人偷懶不做事，

就要受懲罰。有一天，有一個人點名時

遲到了，被鳳姐發現，鳳姐下令打了那人二十大板，還扣了他一個月的人工。

這一下僕人們個個都知道鳳姐的厲害，再也不敢偷懶了。喪禮的一切事宜被鳳姐料理得妥妥當當，並且辦得很風光。賈珍很滿意，鳳姐心裏很得意。

送殯這一天，鳳姐和眾人到鐵檻寺後，來到了附近的饅頭庵休息。庵裏的老尼姑知道鳳姐辦事利索，就想請求她幫忙辦事。老尼姑走到鳳姐下榻的房間，鳳姐正躺在牀上休息，老尼姑輕輕走到她旁邊，小聲說道：「我有個姓張的朋友，是個很有錢的財主，他最近

跟人家打官司有些麻煩，請您二奶奶幫幫忙，他們一定會送上厚禮的。」鳳姐說：「我又不等錢用，也不做這樣的事。」老尼姑很失望，呆了一下，說：「張家不知道二奶奶沒工夫理這事，只是以為二奶奶沒能力辦而已。」鳳姐一聽，她的好強心來了，說：「這還不是小事一樁！你叫他拿三千兩銀子來，我就替他出這一口氣。」老尼姑聽了很高興，連忙說：「好好好，那不成問題，只要事情解決，多少錢他都肯出。」鳳姐果然幫張財主打贏了官司，收了三千兩銀子。

寶玉試才元春省親
bǎo yù shì cái yuán chūn xǐng qīn

寶玉的親姐姐元春進了皇宮做女
bǎo yù de qīn jiě jie yuán chūn jìn le huáng gōng zuò nǚ

官，皇帝很喜歡她，封她做了皇妃，賈
guān huáng dì hěn xǐ huan tā fēng tā zuò le huáng fēi jiǎ

府的人都很高興。這一年，皇帝允准她
fǔ de rén dōu hěn gāo xìng zhè yì nián huáng dì yǔn zhǔn tā

回家探親，為了迎接皇妃回家看望父
huí jiā tàn qīn wèi le yíng jiē huáng fēi huí jiā kàn wàng fù

母，賈府建造了一座很大很豪華的園
mǔ jiǎ fǔ jiàn zào le yí zuò hěn dà hěn háo huá de yuán

林。園子建好了，賈珍來請寶玉的父親
lín yuán zi jiàn hǎo le jiǎ zhēn lái qǐng bǎo yù de fù qīn

賈政去看看，並為園子裏的亭台樓閣題
名。賈政是個處事古板認真的人，希望
寶玉專心讀書將來好考取功名做官。偏
偏寶玉不喜歡讀那些沉悶的正經書，只
喜歡作作詩，和丫頭們玩，賈政看寶玉

常覺不順眼，但是賈母很寵愛寶玉，常常護着他，不讓賈政逼寶玉讀書。這天，賈政帶着一幫文人來到園子裏，大家正在說笑間，正好寶玉路過，賈政就叫寶玉和他一起進園為園子寫對聯，寶玉看見父親便害怕，但是也沒辦法，只好跟着父親進去了。

一行人進了園子，邊走邊看。穿過門口假山中一條幽靜的小道，沿着一條清澈的小溪來到一座房子。只見此處園子裏種了很多翠綠的竹子，竹子邊有一道長長的迴廊，迴廊盡頭是三間屋子，裏面擺放着很多書架。園子後門出去，

又是一處花園，有幾株芭蕉樹，賈政很喜歡這個園子，就問這個地方要掛個什麼匾好，文人們有的說「淇水遺風」，有的說「睢園雅跡」。賈政都不滿意，寶玉說：「這些都太古板了，不如叫『有鳳來儀』。」眾人都說妙。賈政又叫他寫副對聯，寶玉想了想唸道：「寶鼎茶閒煙尚綠，幽窗棋罷指猶涼。」賈政聽了點頭覺得不錯，那些文人紛紛稱讚寶玉作得好。

出了這個園子，眾人又來到別的幾處地方，分別命名為稻香村、蘅蕪苑，來到一處院裏，只見院子裏一邊種了一

株很大的海棠，枝葉茂盛，而且開滿了紅色的花朵，賈政說：「這叫女兒棠，傳說是西方的女兒國才有的。」寶玉接着說：「因為花很紅，像

女孩子臉上的胭脂粉，所以以女兒命名，其實也不知道是真的還是假的。」

另一邊種的是幾株芭蕉，大大的葉子碧綠碧綠的。寶玉説：「這個地方就叫紅香綠玉吧，因為海棠花是紅的，芭蕉葉子是綠的。」眾人都説好，賈政也高興，但是覺得寶玉只是在這些上面下功夫，別的正經書又不看，不禁又生氣了，説：

「你還呆在這裏幹什麼？難道還沒逛夠嗎？」

叫寶玉回去，寶玉立刻快步走了。

寶玉剛走出院外，他的小廝們就立即跑上來要賞，說老爺今日沒有責罵他，他題的詩比其他人的都要好，應該賞些東西給他們。寶玉要賞錢給他們，他們不願意，卻把寶玉身上的飾物都搶光了。寶玉來到賈母房中，黛玉正好也在，見他身上的飾物都不見了，便說：「我給你的荷包也給他們了？」便生起氣來，拿出剪刀來把要送給寶玉的一個香袋子剪了。寶玉見香袋子被剪爛了，也生氣了，連忙從衣服裏拿出黛玉送的荷包，對她說：「我什麼時候把你送的東西給人啦？你不用剪了，我知道你不

<ruby>願<rt>yuàn</rt></ruby><ruby>意<rt>yì</rt></ruby><ruby>給<rt>gěi</rt></ruby><ruby>我<rt>wǒ</rt></ruby><ruby>做<rt>zuò</rt></ruby><ruby>東<rt>dōng</rt></ruby><ruby>西<rt>xi</rt></ruby>，<ruby>我<rt>wǒ</rt></ruby><ruby>把<rt>bǎ</rt></ruby><ruby>這<rt>zhè</rt></ruby><ruby>個<rt>ge</rt></ruby><ruby>也<rt>yě</rt></ruby><ruby>還<rt>huán</rt></ruby><ruby>你<rt>nǐ</rt></ruby><ruby>就<rt>jiù</rt></ruby>

<ruby>是<rt>shì</rt></ruby>。」<ruby>黛<rt>dài</rt></ruby><ruby>玉<rt>yù</rt></ruby><ruby>拿<rt>ná</rt></ruby><ruby>着<rt>zhe</rt></ruby><ruby>香<rt>xiāng</rt></ruby><ruby>袋<rt>dài</rt></ruby><ruby>子<rt>zi</rt></ruby>，<ruby>又<rt>yòu</rt></ruby><ruby>羞<rt>xiū</rt></ruby><ruby>又<rt>yòu</rt></ruby><ruby>氣<rt>qì</rt></ruby>，<ruby>哭<rt>kū</rt></ruby>

<ruby>了<rt>le</rt></ruby><ruby>起<rt>qǐ</rt></ruby><ruby>來<rt>lái</rt></ruby>，<ruby>寶<rt>bǎo</rt></ruby><ruby>玉<rt>yù</rt></ruby><ruby>慌<rt>huāng</rt></ruby><ruby>了<rt>le</rt></ruby>，<ruby>也<rt>yě</rt></ruby><ruby>不<rt>bù</rt></ruby><ruby>生<rt>shēng</rt></ruby><ruby>氣<rt>qì</rt></ruby><ruby>了<rt>le</rt></ruby>，<ruby>趕<rt>gǎn</rt></ruby><ruby>緊<rt>jǐn</rt></ruby>

「好妹妹」前、「好妹妹」後地叫了幾百遍，給她賠不是，又把黛玉送的荷包趕快戴上，並央求黛玉再做一個，黛玉見他如此珍愛自己的東西，便不再哭了。

賈府為了迎接元妃省親，把園子裝飾得富麗堂皇，還買了一艘大大的船，讓元妃來時可以坐船遊園。這天元妃來了，賈母帶着全家人穿戴整齊，在園子裏迎接元妃。元妃自入皇宮後，很少有機會見到家裏人，所以一見到賈母和母親王夫人後，便忍不住流下淚來，三人心裏都有很多話想說，但一句也說不出來，只是相對流淚。過了好一會，元妃

才忍淚強笑，並叫寶玉來見面。寶玉是元妃的親弟弟，元妃一直非常疼愛他，小時候還教他讀書。她看到寶玉長高了，又知道園子裏的對聯是寶玉題的，十分高興。元妃還叫來了黛玉、寶釵，寶釵是寶玉姨母的女兒，現在也住在他們家。元妃覺得她們都比家裏的姐妹長得更好看。

元妃給園子裏幾處她最喜歡的地方賜名後，又叫寶玉和黛玉幾個姐妹作詩寫寫園子的景色，順便考考她們讀書有沒有進步。元妃叫黛玉姐妹們每人作一首詩，寶玉寫四首詩，黛玉很快便作完

了，但寶玉想來想去，只寫了三首。寶釵在旁邊見他有一個地方寫錯了，就偷偷地告訴了他，寶玉很感激。黛玉見寶玉在那裏着急，就悄悄對他說：「別急，我來幫你。」黛玉一揮而就，寫好後，就把紙揉成一團扔給寶玉，寶玉打開一看，覺得黛玉寫的比他寫的高過十倍，連忙認認真真抄上。元妃看了大家的詩後，稱讚黛玉和寶釵寫得最好。元妃還把園子命名為「大觀園」。大家相聚了一陣，很快元妃就要回宮裏了，大家又忍不住流下淚來，不知道下次什麼時候才可見面。

襲人好言勸寶玉

匆匆探完親元春就回宮了，回宮
後，她吩咐寶玉和寶釵、探春等姐妹們
搬進大觀園居住。寶玉住了怡紅院，黛
玉住了瀟湘館。這一天，寧府的賈珍請
寶玉去看戲，可是點的戲寶玉都覺得不
好看，他就和隨從茗煙溜了出來。去哪
逛逛好呢？寶玉想起他的丫頭襲人回家
去了，就叫茗煙帶他到襲人家。襲人家
不遠，很快就到了。襲人這時正在家裏
和母親、哥哥、親戚們聊天，看到寶玉
來了，又慌張又高興。他們拿出很多好

chī de dōng xi gěi bǎo yù chī xí rén yòu zé bèi míng yān shuō
吃的東西給寶玉吃，襲人又責備茗煙説

tā dài bǎo yù luàn pǎo bǎo yù máng shuō bù guān tā de
他帶寶玉亂跑，寶玉忙説：「不關他的

shì shì wǒ zì jǐ yào lái de xí rén jiā hái yǒu jǐ
事，是我自己要來的。」襲人家還有幾

個表妹，長得都很好看，寶玉就和她們一起吃東西聊天，玩得很高興。玩了一陣，襲人的哥哥就僱了一頂小轎來，把寶玉送回家去了。

第二天，寶玉去找黛玉玩，黛玉正在午睡，寶玉說：「好妹妹，才吃了飯，又睡覺。」將黛玉喚醒了。黛玉見是寶玉，說：「我累了，你出去逛逛吧！」寶玉怕她睡多了對身體不好，於是賴着不肯走，和黛玉一起躺在牀上聊天。寶玉見黛玉快睡着了，就故意大聲說：「你們家鄉那邊出大事啦。」黛玉信以為真，拉着寶玉問是什麼事。寶玉就隨

口編了一個故事騙她，說：「你們揚州那邊有一座黛山，山上有個竹林洞，洞裏有一些老鼠精，這一年過節，老鼠們準備去山下的廟裏偷東西，有一隻小老鼠自告奮勇去偷香芋，他說他會用變身術變作香芋混在香芋堆裏，只見他一變竟變成了一個漂亮的小姐，其他老鼠說他變錯了，他笑說林黛玉才是真正的『香玉』呢！」黛玉一聽就跳起來要打寶玉，寶玉連忙告饒。這時寶釵來了，三人便在房中互相諷刺取笑着玩。

襲人自家裏回來後，見寶玉仍是不肯認真讀書，每天只是玩，心裏很着

jí xiǎng zhe zěn yàng cái kě jiào bǎo yù dú shū zhè tiān wǎn
急，想着怎樣才可叫寶玉讀書。這天晚

shàng bǎo yù huí dào wū li jiàn xí rén tǎng zài chuáng shàng
上，寶玉回到屋裏，見襲人躺在牀上

kū jiù zǒu guo lai wèn xí rén jiě jie nǐ wèi shén
哭，就走過來問：「襲人姐姐，你為什

me kū a xí rén shuō wǒ mā hé wǒ gē ge shāng
麼哭啊？」襲人説：「我媽和我哥哥商

議，說明年要我回家，再也不能陪你玩了。」寶玉急了，拉着襲人的手說：「不行，我不准你走。」襲人就對他說：「如果你真要留我，你就答應我要好好讀書啊，如果你讀好了書，八人大轎來，我也不會走的。」寶玉忙說：「好好好，我從明天起就好好讀書。」

可是，沒過兩天，寶玉就把讀書的話忘了，照樣每天玩耍。

寶黛共讀《西廂記》

元妃回宮後常記掛着寶玉和家裏眾姐妹，這天，她作了一個謎語派人從宮裏送來給寶玉和姐妹們猜，又叫他們自己也作謎語玩。大家都認真地想了起來，想好後就把謎語寫在一塊大屏風上面，然後大家一起來猜。元妃的謎語是「一聲震得人方恐，回首相看已成灰」。

寶玉看完連忙說：「哈哈，我知道啦，那是過年點的鞭炮。」大家都誇獎他聰明。再看探春的，只見她寫着：「遊絲一斷渾無力，莫向輕風怨別離。」賈政

也在旁邊，便說：「好像是風箏吧。」

接着大家又猜了黛玉和寶釵出的謎語。

寶玉初進園子住時，覺得心滿意足，但和姐妹們玩久了，就覺得有點悶。茗煙見寶玉這樣，就想逗寶玉開心，他在外面找了很多寶玉從未見過的有趣的書來給寶玉看。寶玉一看，喜歡極了。這天他帶了一套《西廂記》來到園子，找了塊石頭坐下來看，看着看着，黛玉來了。黛玉問他在幹什麼，寶玉把書遞給她。黛玉很好奇，就坐下來和他一起看《西廂記》。黛玉越看越愛，沒一會工夫，黛玉就把書看完了，看完了還在心

裏默默記誦着。寶玉就跟她開玩笑說：

「沒想到妹妹也喜歡看這些書，小心我告訴別人哦。」黛玉一聽又生氣了，哭了起來，寶玉見了連忙賠不是：「妹妹別哭，你原諒我吧，是我錯啦。」黛玉這才不哭了。這時剛好襲人來找寶玉，說他父親找他，寶玉連忙拿回書，和黛玉道了別，就跟襲人走了。

黛玉見寶玉走了，一個人悶悶的走回房，剛走到梨香院牆角，只聽見有歌聲傳來，原來那十二個賈府買來專門唱戲的女孩子正在練習曲子。她們唱的是《牡丹亭》裏的一支曲子「只為你如花

53

美眷，似水流年……」，黛玉聽了不禁

想起了自己，想着自己父母雙亡寄人籬

下，日子一天天地過去，以後的日子會

有誰替自己打算呢。又想起剛剛讀過的

《西廂記》的故事，越想越傷心，不禁

又落淚了。這時有人叫她，一看原來是

香菱。這香菱就是當日的英蓮，現在跟

着寶釵也住進了大觀園。香菱還是寶釵

起的名字，原來她來找薛寶釵，找來找

去都不見，卻遇上了林黛玉。

熙鳳寶玉遭了邪

寶玉還有個同父異母的弟弟，叫賈環，是父親賈政的偏房趙姨娘的兒子。

賈環長得不是很好看，加上他是小老婆生的小孩，所以大家都不喜歡他，看不起他。這天晚上，他在王夫人房裏替王夫人抄《金剛經》，剛好寶玉也來了。

王夫人見了寶玉問長問短，賈環見王夫人十分疼愛寶玉，又想起平日眾人都不理他，就一肚子氣。這時，寶玉正躺在炕上，炕上的桌子上放着一盞油燈，賈環就有了一個壞主意，他想用熱油燙瞎

bǎo yù de yǎn jing　　tā zhuāng zuò bù liú shén bǎ yóu dēng pèng
寶玉的眼睛。他裝作不留神把油燈碰

dǎo　　yóu dēng li gǔn tàng de dēng yóu jiù dōu dǎo zài bǎo yù de
倒，油燈裏滾燙的燈油就都倒在寶玉的

liǎn shang　　　ā　　de yì shēng　　bǎo yù téng de dà jiào qi
臉上。「啊」的一聲，寶玉疼得大叫起

來，眾人都嚇壞了。王夫人見了，又急又氣，大罵賈環和趙姨娘。趙姨娘唯唯諾諾不敢作聲。寶玉忍着痛，對王夫人說他不疼，如果祖母賈母怪罪下來就說是他自己燙的，他不想賈母責怪賈環。

兩天之後，寶玉的寄名乾娘馬道婆剛好來賈府。這馬道婆有些神神道道的本事，她經常幫人開道場做法事。她到各位太太房中問過好之後，來到趙姨娘房中，趙姨娘就跟她說起寶玉被燙一事，她說賈府上下的人只知道偏愛寶玉，特別是那個鳳姐人很兇，對人很苛刻。整個府上的人都看不起他們母子二

人，她很生氣，真想治治寶玉和鳳姐。

馬道婆說她有方法對付他們二人，趙姨娘很高興，拿了幾兩銀子給馬道婆，還寫下一張五百兩銀子的欠契給她。馬道婆見錢眼開，馬上教趙姨娘一個方法，她教趙姨娘把兩個寫上寶玉、鳳姐生辰八字的紙人和五個小鬼放在他們的枕頭下，她回去作法，就可整治他們。趙姨娘很開心，想到能解心頭之恨，就馬上照她說的做了。

寶玉經過精心調養，傷勢慢慢在恢復。這天他正跟黛玉等姐妹在談笑，突然間跳起來說：「哎呀！好頭疼。」他

渾身發燙，滿口說胡話，一會兒便昏
死過去。大家正在着急，只見鳳姐也發
了瘋般又鬧又跳，拿着一把鋼刀砍進園
來。賈府上下慌成一團，連忙派人去請
京城所有有名的大夫，可是他們查來查
去都查不出病因，不知怎麼開處方。這

時僕人說門口來了一個和尚和一個道士，這兩人說自己能醫治寶玉和鳳姐的病。賈政趕緊把他們請進來，他們要來寶玉的通靈寶玉，拿在手上唸了幾句不知什麼話，然後要賈政把寶玉、鳳姐放在一間房內，把玉掛在門上。果然，過了不久，寶玉和鳳姐就醒過來了。賈政想謝謝那和尚和道士時，卻早已經找不到了。

61

林黛玉傷感葬落花

一天晚上，黛玉到怡紅院來看寶玉。到了院門口敲了門，卻沒人來開門，只聽到裏面晴雯叫道：「都睡覺啦，明天再來。」原來晴雯和別人吵架了，心情不好，剛剛寶釵來，她已經在那裏抱怨寶釵了，如今聽見又有人敲門，更生氣了，也不問是誰就說：「都睡覺了，快回去吧！」黛玉以為她們沒聽清楚是她，就又叫了兩聲，晴雯沒聽出是黛玉的聲音，還說是寶玉吩咐的，什麼人也不讓進來。這時，黛玉聽到裏

面傳來了寶玉和寶釵的笑聲，以為寶玉故意不給她開門，心裏非常難受，想到自己父母雙亡，無依無靠，就站在門口的樹邊哭了起來。這時，院門開了，只見寶玉有說有笑地送寶釵出了院門，黛玉看了更是傷心。

第二天是四月二十六日，是送花神的日子。按照俗例要在樹上掛上各種各樣的小禮物來送花神。這天一早，園子裏十分熱鬧，姐妹們和各自的丫頭都到園子裏來，每棵樹上每朵花上都掛上用花瓣柳枝編成的各種玩具，或是用絲綢紗羅做成的小玩意，滿園裏繡帶飄飄，

花枝招展。寶玉叫黛玉一起來，黛玉卻

不理他，寶玉怔怔地不知道她因什麼事

情生氣。這一旁寶釵、迎春、探春、惜

春都在一塊兒高興地說笑，寶玉卻發現

黛玉不見了，就到處找黛玉。

　　寶玉在園子裏走着，見到地上都是

被風吹下來的花瓣，各色各樣的，他怕

踩着花瓣，就用衣服把花瓣收起來，準

備帶到以前和黛玉葬桃花的山坡。還未

轉過山坡，卻聽見山坡那邊有人一邊哭

一邊唸着什麼，寶玉仔細一聽，原來那

人唸的是一首詩：「花謝花飛花滿天，

紅消香斷有誰憐？」寶玉一看，卻是黛

玉，只見黛玉手拿一把小鋤頭，旁邊放着一個裝滿花瓣的小籃子，正在把掉在地上的花瓣埋進土裏。寶玉見黛玉哭得很傷心，心裏很難過，也哭了。黛玉看到寶玉，也不理他，轉身就走。寶玉追上來問黛玉為什麼不理他。黛玉說：「為什麼我昨天去你那裏，你不叫丫頭開門？」寶玉驚異道：「哪有這種事，昨天只是寶姐姐來坐了一會，就出來了。」黛玉想了想說：「那是你的丫頭們在使脾氣了。」寶玉連忙賠不是，二人才和好了。

賈政怒極打寶玉

這年夏天，中午天氣特別熱，這天寶玉來看母親王夫人，正好王夫人在睡午覺。王夫人躺在涼榻上，丫頭金釧兒正在給她捶腿。

不久，金釧兒也睏了，閉着眼睛邊捶腿邊打瞌睡。寶玉以為王夫人睡着了，就和金釧兒調笑，他悄悄走到金釧兒旁邊，從荷包裏掏出一顆香雪潤津丹塞到她嘴裏。金釧兒睜開眼對寶玉笑笑，寶玉對她說：「我明天和太太說，把你派到我那兒，我們一起玩吧！」金

釧兒笑着對寶玉説：「你忙什麼呢！是你的就是你的，這句話你不明白嗎？」

這時王夫人突然翻身起來打了金釧兒一個嘴巴，罵她「下賤」，説好好的寶玉就是被她這種人教壞了。原來王夫人最

討厭丫頭們跟寶玉玩，怕把寶玉帶壞，她馬上命人把金釧兒趕出賈府。

金釧兒被趕出賈府，心裏很委屈，在家哭哭啼啼，幾天之後就跳井自盡了。消息傳到賈府，王夫人得知後，想起她在自己身邊一向都勤力細心，就後悔自己當天做得太絕情，想着想着就流下淚來。寶釵得知此事，就趕來安慰王夫人。寶釵勸她說：「姨娘不用傷心，據我看這金釧兒也不一定是為了這件事情而投井的，她多半是到井邊玩時不小心掉下去的。如果她真為了這點事就投井，那就太糊塗了，而且她不過是個丫

頭，我們多賠她一些錢就是了。」王夫人聽了，覺得有道理，也就不再哭了，叫人給金釧兒家送了些錢，又送了些衣服，把這事情了結了。

剛好這天忠順親王府的人來找賈政，問寶玉是否知道王府裏一位花旦去了哪裏。賈政正為此事生氣，賈環趁機說：「寶玉還把金釧兒逼死了呢。」賈政一聽氣得面如土色，大叫：「拿寶玉來！」他平日最氣的就是寶玉不好好讀書，成天只知道和丫頭們玩耍。但因為有賈母護着，也不好太過管他，今天聽說寶玉這麼荒唐，那還了得。馬上令人

把寶玉叫來，並叫人把他綁在凳子上，

說：「我今天打死你這個不聽話的東

西。」然後拿起棒子狠狠地把寶玉打了

一頓，誰勸也不聽，打得寶玉身上青一

塊，紫一塊，昏死過去。這下可不得了

啦，馬上有人去報告賈母和王夫人，二

人急急趕過來，看到寶玉被打成這樣，

又生氣又心疼。賈母更是大罵賈政不孝

說：「先打死我，再打死他，那樣更乾

淨！」賈政聽了，嚇得連忙跪下來。眾

人連忙用凳子抬着寶玉來到賈母房中給

寶玉上藥。

林黛玉寫詩奪頭名

轉眼到了秋天，寶玉的身體已經復原。這天探春叫來寶玉和各個姐妹，要一起寫詩，大家都說好。寶玉的嫂子李紈說：「我今天看到下人抬進兩盆白海棠，很漂亮，我們就拿它來作詩吧。」

於是由迎春出題目，惜春做監督，大家都認真地想起詩來，只有黛玉一點也不緊張，一會玩玩芭蕉樹，一會和丫頭們玩，寶玉催了她幾次，黛玉都沒理會。

寶玉想來想去，時間到了還沒作好，只好隨便寫了一首交上去。大家看了探

春、寶釵、寶玉的詩後，覺得寶釵作得最好。又來催黛玉，黛玉這才提起筆來，一揮而就，遞給大家，大家打開詩看，寫得真是好，不過覺得寶釵寫得比她好，寶玉說：「還是林妹妹寫得好。」

李紈說：「這是由我來做評論的，不關你們的事，誰再多說就罰誰。」寶玉才不出聲了。

第二天，賈母的侄孫女史湘雲來了，也要跟他們一起作詩，還要請大家吃飯。這天晚上，湘雲和寶釵一起住，說起要作什麼詩。湘雲想到自己沒什麼錢，家裏人又不肯給她錢，怎麼能夠請這麼多人吃飯作詩呢，一時苦惱起來。

寶釵對她說：「別急，我已經有主意了，我家裏的下人前幾天送了幾斤螃蟹

來，大家都很喜歡吃螃蟹，我們叫上大家一起吃螃蟹就行了。再弄幾罎酒來，我們邊吃螃蟹邊寫詩，多熱鬧啊！詩呢？就寫菊花詩吧，園子裏的菊花開得那麼好看。」湘雲聽了高興極了，感激地說：「寶姐姐你真好，有寶姐姐替我安排，我就放心啦。」

第二天，湘雲請大家在園子裏賞桂花，吃螃蟹。賈母帶着王夫人、薛姨媽和鳳姐都來了。寶釵叫人蒸了很多大螃蟹，香噴噴的，又準備了好酒，大家一邊吃螃蟹一邊喝酒，非常熱鬧。鳳姐和鴛鴦、平兒打打鬧鬧，平兒不小心把蟹

膏抹在鳳姐臉上，引起大家一陣嘻哈大笑。吃完螃蟹，大家還到園子裏看菊花，今年的菊花開得很好，各式各樣，五顏六色漂亮極了。大家看了一會，就開始作詩了。這一次，大家都認為黛玉作的三首詩是作得最好的，寶玉見黛玉拿了第一，十分高興。

劉姥姥喜遊大觀園

賈府有一個窮親戚劉姥姥，這年收成比較好，就帶了些鄉下的瓜果蔬菜來送給賈府。這天，劉姥姥從鄉下來了，賈母就叫她來聊天。劉姥姥進了賈母的房間，只見房間裏裝飾得非常漂亮，放着好多精美的家具，還有許多漂亮姑娘。賈母正半躺在臥榻上，一個小丫頭在給她捶腿。劉姥姥看到這些眼都花了，一時都不知自己身處何方。

賈母對劉姥姥說：「老親家，你在這兒住兩天吧！把你們鄉下的故事說說給我

們聽。」大家都沒到過鄉下，所以對劉姥姥說的事情都很感興趣。這劉姥姥雖是鄉下人，可是見識卻不少。她見大家聽得高興，就編了很多奇奇怪怪又有趣的故事跟大家說，大家從沒聽過這些故事，聽得都入迷了。特別是寶玉，追着劉姥姥問她說的事情是發生在哪裏，後來又怎麼樣了，劉姥姥只好又再編些故事來哄他。

第二天，賈母帶劉姥姥到大觀園裏玩。賈母帶劉姥姥參觀了黛玉、寶釵等人的屋子，劉姥姥看得眼花繚亂。後來賈母又在遊船上請劉姥姥吃飯。鳳姐想

讓賈母開心，便和鴛鴦商量好，把摘下的菊花橫七豎八戴在劉姥姥頭上，大家都哈哈大笑。當賈母說請吃的時候，劉姥姥站起來大聲說：「老劉老劉，食量大如牛，吃隻母豬不抬頭。」說完鼓着腮幫子不說話。眾人一愣，一會明白過來，大笑不止。鳳姐又專門給劉姥姥吃各種奇怪的菜式，

劉姥姥也配合。她知道鳳姐她們是專門
要作弄她，想逗賈母開心，就故意亂說
話，逗得賈母很高興。

　　吃完飯，眾人又來到了櫳翠庵。櫳
翠庵住着帶髮修行的尼姑妙玉。妙玉讀
過書，人長得又很漂亮，而且特別愛乾
淨，她隨着其他尼姑來到大觀園中的櫳
翠庵住。

miào yù jiàn jiǎ
妙玉見賈

mǔ lái le　　jiù chōng le hǎo chá chū lái
母來了，就沖了好茶出來

zhāo dài zhòng rén　　rán hòu　　miào yù lā la
招待眾人。然後，妙玉拉拉

dài yù　　bǎo chāi de yī jīn　　èr rén biàn chū lai dào tā fáng
黛玉、寶釵的衣襟，二人便出來到她房

jiān li hē chá　　bǎo yù jiàn le yě qiāo qiāo gēn lái　　zhǐ jiàn
間裏喝茶。寶玉見了也悄悄跟來，只見

dài yù zuò zài miào yù de pú tuán shang　　bǎo chāi zuò zài dèng zi
黛玉坐在妙玉的蒲團上，寶釵坐在凳子

shang　　miào yù zhèng zài yì páng zhǔ shuǐ　　zhǔn bèi lìng wài pào yì
上，妙玉正在一旁煮水，準備另外泡一

84

壺茶請她倆喝。寶玉便走進來說：「你們躲在這裏喝茶呢！」四人便一起喝茶談笑，寶玉喝了此茶，覺得異常香甜清潤，原來妙玉泡茶的水是梅花上的雪融化的，所以茶的味道特別好。喝完茶，大家告辭出門，寶玉知道妙玉愛潔淨，又特意叫人打了水來給妙玉打掃。

劉姥姥臨走前，去見鳳姐。鳳姐說：「你給我女兒起個名吧！」劉姥姥知道孩子是七月初七生的，就說：「叫巧姐吧，這個名字好在『巧』字上，可以逢凶化吉的。」鳳姐送給劉姥姥不少東西，她興高采烈地回去了。

鳳姐生日起風波

九月初二是鳳姐生日，賈母想熱鬧熱鬧，就叫眾人湊錢給鳳姐過生日。眾人湊了錢，請了人在園子裏唱戲，又擺了酒席，賈母上了年紀只躺在卧榻上看戲，說鳳姐辛苦一年，要大家好好地給鳳姐慶祝，於是姐妹們、丫頭們都來給鳳姐敬酒。

大家圍着鳳姐好言軟語硬要她喝，鳳姐不好推脫，也覺得大家給她過生日很高興，一杯杯都喝了，沒一會，鳳姐就覺得頭暈腦脹，有點醉了。她趁着大

家不留意，就獨自走出來想回家休息一下，鳳姐的丫頭平兒見了趕緊追出來，扶着鳳姐往家裏走。

兩人走到廊下，見到她房裏的一個丫頭在望來望去，一見到她們就往裏跑。鳳姐起了疑心，在後面叫了幾聲，那丫頭還是跑。鳳姐趕上去打了她一巴掌，丫頭哭着說：「不關我事啊，是二爺叫我來的，說看見你來了，就先給他送信去！他和別的女人在屋裏呢。」鳳姐聽了火冒三丈，又賞了丫頭一耳光，然後衝進房去打她丈夫賈璉和那個女人，又懷疑平兒和他們是一夥的，連平

兒也一塊兒打了幾下。平兒一貫都很賢

淑，現在平白無故挨打，大哭起來。賈

璉見鳳姐像瘋子一樣亂打亂罵，就拔出

劍來要殺鳳姐。鳳姐慌了，一邊哭一邊

跑到賈母這邊來告狀。

　　賈母她們還在園裏高高興興地聽

戲，卻見鳳姐哭着跑來跪在面前說：

「老祖宗救命啊，璉二爺要殺我呢！」

賈母連忙問怎麼回事，鳳姐就一一告訴

她。賈母聽了很生氣，把賈璉罵了一

頓，又安慰鳳姐不要傷心，說改天叫賈

璉給她賠不是。寶玉見平兒也受了委

屈，就把平兒叫到怡紅院，安慰她說：

「姐姐受委屈了，我替哥哥嫂子給你賠不是。」又叫襲人拿來新的衣服給她換上，平兒才平靜下來。

第二天，賈母叫來賈璉，罵了他一頓，賈璉給鳳姐和平兒都賠了不是，鳳姐也知道自己錯怪了平兒，要給平兒賠不是，平兒說：「我服侍奶奶幾年，您從沒彈過我一指甲，這都是那個女人弄出來的事，和您不相關。」鳳姐心裏很感動。

鴛鴦剪髮拒賈赦

賈政的哥哥賈赦年輕時是個紈袴子弟，到老了也仍是不學無術，只知吃喝玩樂，花天酒地。他的太太邢夫人又很怕他，不管他說什麼都照辦。賈赦看中了賈母的丫頭鴛鴦，覺得她長得很漂亮，想把她收為姨太太，就叫邢夫人去問賈母要人。邢夫人先去找鳳姐商量，鳳姐說：「太太還是別去好，老太太很喜歡鴛鴦，恐怕不會答應，而且看鴛鴦那樣子也是不會答應的。」但邢夫人一味想討好賈赦，不聽她的，鳳姐自己又

不敢去同賈母說，怕被賈母責罵，就出主意讓邢夫人先去跟鴛鴦說。邢夫人聽了，就跑去跟鴛鴦說：「我是來和你道喜的，大老爺要娶你呢。」哪知道鴛鴦一點也不高興。邢夫人卻跑去找鴛鴦的娘家人。

鴛鴦見邢夫人走了，就獨自到大觀園裏散心。剛好遇到平兒，平兒也聽說了這事，鴛鴦就跟她訴苦，說：「別說大老爺要我做小老婆，就是太太這會子死了，他娶我做大老婆，我也不會嫁給他。」正和平兒說着話，襲人也來了，三人正說着，卻見鴛鴦的嫂子一臉喜氣

地來找鴛鴦，她嫂子見了鴛鴦就給鴛鴦
道喜，鴛鴦很生氣，指着她罵：「呸，
你們整天羨慕人家的丫頭做了小老婆，
一家子仗着她橫行霸道，現在你們也把
我往火坑裏推。若是我得寵，你們就在
外面橫行霸道，自封自己是舅爺。我若
不得寵，你們就由得我去死。任憑你怎
麼說，我是不會嫁的。」她嫂子討了個
沒趣，悻悻地走了，回來一五一十告訴
邢夫人。賈赦聽了大怒，又叫人去找鴛
鴦的哥哥，說鴛鴦無論如何逃不過他的
手心。

鴛鴦的哥哥把這話告訴了鴛鴦，鴛

yāng qì de shuō bù chū huà lai　　　jiù piàn tā sǎo
鴦氣得説不出話來，就騙她嫂

zi shuō xiān yào gēn jiǎ mǔ shuō yì shēng　　dào le tīng táng
子説先要跟賈母説一聲。到了廳堂，

gāng hǎo jiǎ mǔ hé wáng fū rén děng zhòng rén dōu zài　　yuān yāng
剛好賈母和王夫人等眾人都在，鴛鴦

lā zhe tā sǎo zi guì zài jiǎ mǔ miàn qián　　yí miàn kū yí
拉着她嫂子跪在賈母面前，一面哭一

miàn shuō　　　　dà lǎo yé bī wǒ jià gěi tā　　shuō wǒ zhè
面説：「大老爺逼我嫁給他，説我這

輩子逃不出他的手心。我這輩子是打定主意不嫁人，只伺候老太太了。老太太若不要我，我就剪了頭髮當尼姑去。」

說着從袖子裏拿出一把剪刀，就要把頭髮剪掉。大家慌了，連忙來拉，七手八腳把剪刀搶了下來。賈母聽了氣得渾身打顫，罵邢夫人：「我只有這麼一個可靠的人，你們還要來算計！有好東西來要，有好人也來要！你們是要讓我早死嗎？」邢夫人無地自容，回來告訴賈赦，賈赦也害怕了，只好作罷。

薛蟠遭打沒奈何

賈府的管家賴大新建了一個花園，

這天，他請賈府的人到他家的花園喝

酒。一起來的有賈珍、賈璉、薛蟠，還

有他們家的其他朋友，其中有一個叫柳

湘蓮。柳湘蓮本來家裏也是很有錢的，

但父母早喪，後來錢漸漸花光了，他本

人喜歡耍槍弄棒，就開始出來跑江湖。

柳湘蓮長得很好看，人也很好，很為朋

友着想，因此很多人都願意和他做朋

友。薛蟠見到柳湘蓮後，很喜歡他，老

是想逗他玩。但柳湘蓮知道薛蟠是個不

學無術的傢伙，很討厭他，只是因為人很多，他又不好跟薛蟠生氣，只好對薛蟠不理不睬。但那薛蟠一點也不知趣，還是來找他說這說那，柳湘蓮便想了一個辦法去教訓他，他騙薛蟠說要出城和他會面。

薛蟠很高興，騎馬到了城外，柳湘蓮就叫薛蟠下馬，那薛蟠仍舊傻傻的不知道被騙了。哪知道剛一下馬，柳湘蓮就一拳打了過去，把他打得趴在地上。

接著，柳湘蓮上前又是一腳踢了過去，那薛蟠平日耀武揚威，可是卻一點武功也沒有，三兩下便被柳湘蓮打得不能動

彈。柳湘蓮又把薛蟠提起打了他幾個耳光。薛蟠哀求道：「爺爺饒了我吧，我以後再不敢了。」柳湘蓮還是不饒他，拿了馬鞭啪啪啪打了他幾十鞭，然後把

他丢到泥坑裏，騎上馬自顧自揚長而去。薛蟠被打得疼痛難忍，身上全都是泥巴，忍不住「哇哇」大叫起來。

賈珍等人發現不見了柳湘蓮和薛蟠二人，便派人到處找，他們一直找到城外，聽到蘆葦叢中有人呻吟，走過去一看，原來是薛蟠滿身泥污，面腫目破地坐在那裏。他們連忙把薛蟠扶起送回家。

薛姨媽和寶釵從賈母處回到家裏，看見香菱在哭，才知道薛蟠被人打了。薛姨媽又生氣又心疼，連忙要叫人去抓柳湘蓮。寶釵卻把她勸住了，她說：

「哥哥平常無法無天，大家都知道的，要不是他惹惱別人，也不會被打成這樣。」

薛姨媽覺得有理，就騙薛蟠說柳湘蓮已經逃跑了，不知去哪兒抓他。薛蟠沒法只好算了，薛蟠挨打後覺得很沒面子，剛好他們家有一個伙計要到外地做生意，薛蟠就說要跟他出去學點東西。

薛姨媽和寶釵商量，寶釵認為讓他出去走走也許有好處，薛姨媽就答應了。薛蟠走後，寶釵就叫香菱到大觀園裏和她一起住。香菱也很高興，既可以和寶釵做伴，還可以請教姑娘們學作詩。

香菱學詩黛玉教

香菱有空便往瀟湘館來，瀟湘館住的是林黛玉，黛玉見了香菱也很高興，香菱說：「你教我作詩吧！」黛玉說：「這有什麼難的！」黛玉叫她先看些古詩，打些基礎，再寫。香菱高高興興地從黛玉那裏拿了幾本古詩回來，就認真地讀起來，寶釵幾次催她睡覺，她也不睡。寶釵見她如此認真，就由她去了。

第二天黛玉剛梳洗完，香菱就來找黛玉要換書，黛玉問她：「你讀出些什麼來了嗎？」香菱說：「你要我背的我都背

了，這些詩寫得真好，有很多我都很喜歡，真不知道是怎麼寫出來的，你再拿些書給我看吧。」

黛玉給她講解了幾首詩，然後又拿了幾本書給她，接着

又給她出了一個題目，讓她試試自己寫一首，香菱高高興興地拿了書又回去讀了。

香菱回去認真看書，細細思索就作了一首，作完了馬上拿來給黛玉看。黛玉說：「詩的意思是有的，但措詞不雅，你把這首丟開，再作一首。」這時，寶玉、探春等也都來了，大家一起聊天說笑。但香菱一心只想着寫詩，也不和大家說笑，只是一個人坐在一邊思考，專心致志，連吃飯都顧不上了。她想了好一會，終於想到，趕緊寫

了出來，又拿去給黛玉看，但黛玉還是說不好要重寫。大家看見她寫得如此辛苦，茶飯不思的都叫她不要想了，香菱卻不肯，一個人拿着本書坐在山石上發呆。

這天晚上她一直想着作詩都沒睡着，才

睡着突然喊道：「有了有了，難道這首還不好嗎？」立刻從牀上跳起來，把夢裏的詩寫了出來，拿去給黛玉和眾人看，大家都覺得她這首作得很好。

大家正說着，丫頭來說府裏來了很多親戚。原來邢夫人的哥嫂帶着女兒邢岫煙，寶釵的堂弟薛蝌和堂妹薛寶琴，李紈的嫂子帶着女兒李紋、李綺都來到了賈府。一時間賈府熱熱鬧鬧的。來的這幾個姑娘都長得又漂亮又聰明，沒一會就跟寶玉玩熟了。特別是薛寶琴，賈母非常喜歡，要王夫人認她做乾女兒。

湘雲見賈母這麼疼愛寶琴，就開玩笑

説：「有人可要不高興了。」大家說那肯定是寶玉，湘雲說：「不是他。」大家猜說是黛玉，寶釵忙說：「不是的，我的妹妹和她的妹妹一樣，她比我還喜歡呢。」黛玉果然親熱地叫寶琴做「妹妹」，兩人很要好，接着，大家約好等下雪了就一起作詩。

蘆雪亭連句賞紅梅

寶玉因想着作詩一事，一夜沒睡好，第二天一早起牀，見外面天已經亮了，推開門，見外面一片雪白的世界，寶玉趕緊穿了衣服去找姐妹們玩。出了院門，只見到處都是一片雪白，遠處青松翠竹，自己就像裝在一個玻璃盒子中一般。姐妹們也都出來了，大家打扮得漂亮極了，只見黛玉穿的是大紅色的雪罩，寶釵穿的是翠綠色的雪罩，寶琴穿的是賈母剛送她的一件野鴨子毛做成的漂亮斗篷，湘雲卻打扮得很豪爽，像個

男孩子般，引得大家大笑。大家商議着

在園裏的蘆雪亭作詩，幾人說說笑笑着

去給賈母請安，吃完早餐後就來到蘆雪

亭。寶玉和湘雲還找鳳姐要來一塊新鮮

鹿肉帶進園來，準備邊烤肉邊喝酒。

　　大家來到蘆雪亭，李紈和寶釵忙着

出題，卻不見寶玉和湘雲。黛玉說：

「他們一定是烤那塊鹿肉去了。」眾人

走去一看，果然見到他們倆躲在一邊烤

鹿肉呢，烤肉的香味飄出來，好聞極

了。眾人都笑湘雲，湘雲卻一邊吃一邊

笑着說：「我要吃了肉、喝了酒才能作

出好詩來啊。」眾人也嘻嘻哈哈跟着他

們倆一起烤肉喝酒。吃完後大家開始作詩，每人說一句，跟不上的人就算輸。

鳳姐雖然沒讀什麼書，但也胡亂說了一句起頭，然後，大家再繼續，輪到湘雲，她剛說完一句，聽黛玉連了下一句後，就迫不及待地又說了一句，也不管後面的人，一時間把次序都弄亂了，湘雲、黛玉和寶玉你連一句我連一句，弄得其他人都跟不上了。大家見他們三人搶着說，都笑了起來。

後來，寶玉說不上詩，被罰重新作一首。李紈說早上起來看到櫳翠庵的紅梅開得很美豔，想折一枝來插在瓶子裏，於是

就罰寶玉去向妙玉要紅梅，再回來作一首紅梅詩。眾人都說好，寶玉也爽快地答應了，喝了一口酒就找妙玉去，沒一會果真拿來一枝很好看的紅梅，大家又催寶玉作詩。這時賈母也來了，她說：「這裏潮濕，你們不要坐得太久。你們四妹妹那兒暖和，我們去她那裏看看她的畫。」大家於是和賈母去惜春那裏，看她作畫。看完出來，卻不見了寶玉和寶琴，大家一找，卻見他們倆在對面的山坡上，寶琴手裏又拿了一枝紅梅。滿山的雪，配上豔豔的紅梅，再加上俊秀的寶玉、嬌豔的寶琴，就像一幅美麗的畫。

晴雯重病夜補衣

襲人母親病了，襲人連忙趕回家去看望母親，到了晚上還沒回來，晴雯和麝月便進來服侍寶玉。寶玉半夜醒來，喊着要喝茶，麝月便起來倒茶給他。趁着寶玉喝茶，麝月說要到外面看看月色，晴雯想嚇唬麝月，連厚衣服也沒穿就躡手躡腳地出去了，寶玉怕她凍出病來，就大聲叫麝月。晴雯不得已轉身回到屋裏，笑着說：「你真是大驚小怪，哪裏就會嚇到她？」「你凍着才不好啊！」寶玉說着，叫她快到被子裏暖和

nuǎn huo　qíng wén lián máng duǒ jìn bèi zi li　guǒ rán lián dǎ
暖和。晴雯連忙躲進被子裏，果然連打

le jǐ gè pēn tì　bǎo yù tàn qì shuō　nǐ kàn　gǎn
了幾個噴嚏，寶玉歎氣說：「你看，感

mào le ba
冒了吧。」

　dì èr tiān qíng wén guǒ rán bí sāi shēng zhòng gǎn mào le
第二天晴雯果然鼻塞聲重感冒了，

bǎo yù pà gěi wáng fū rén zhī dào le yào qíng wén huí jiā xiū
寶玉怕給王夫人知道了要晴雯回家休

養，就悄悄地叫人請了一個醫生進來給晴雯看病。這時，平兒來找麝月，兩人躲在屋裏悄聲說話。寶玉偷偷去聽她們在說什麼，原來平兒告訴麝月寶玉的小丫頭墜兒偷了她的手鐲，她怕晴雯生氣，就不敢告訴她。晴雯很好強，平日最討厭小丫頭偷東西，聽了果然生氣極了，立刻叫來墜兒，拉過墜兒的手用釵子用力地戳她，一邊罵：「要這手做什麼，只會亂拿東西！」又叫來墜兒的嫂子，說：「這孩子我們這裏留不住了，你快帶回去吧！」因為非常生氣，所以病也就變得更厲害了。

qíng wén lián chī le jǐ tiān yào　　réng bú jiàn hǎo　　jí
晴雯連吃了幾天藥，仍不見好，急

de luàn mà dài fu　　zhè tiān wǎn shang bǎo yù huí lai le　　shuō
得亂罵大夫。這天晚上寶玉回來了，說

tā xīn chuān de kǒng què qiú bù xiǎo xīn shāo le gè dòng　　dì èr
他新穿的孔雀裘不小心燒了個洞，第二

tiān hái yào chuān　　piān piān fǔ li de cái feng yòu bú huì xiū bǔ
天還要穿，偏偏府裏的裁縫又不會修補

這種衣服，急得團團轉。晴雯聽見就叫他拿過來給她看看，她說：「這是用孔雀金絲織的，我用這種絲像界絲一樣把它界密，別人就看不出來了。」她對寶玉說：「不用擔心，我今晚不睡給你補，明天就能補好了。」晴雯忍着病坐起來給寶玉補衣服，她頭暈眼黑的，補幾針就要伏在枕頭上歇一會。寶玉見她那個樣子，又擔心又着急，一個晚上也沒睡好，一會問她要不要喝水，一會又拿件衣服給她披上。快天亮時，晴雯終於把衣服補好了，看起來就像新的一樣，但是晴雯卻累得暈了過去。

探春果敢除陋習

這年元宵節剛過，鳳姐便病了，沒辦法管理園子，就叫探春、寶釵幫着料理。園子裏的下人們本來以為鳳姐不在沒人管了，可是沒過幾天，卻發覺探春比鳳姐管得更嚴，再加上寶釵也很細心，竟比以前還要嚴了。這天有人來報趙姨娘的兄弟死了，要府裏給點錢。探春就按照慣例給了二十兩銀子。這時趙姨娘匆匆趕來了，原來探春是趙姨娘的親生女兒，這次趙姨娘本來以為探春會多給些銀子，哪知道探春給得這麼少。

121

tā yì lái jiù zé bèi tàn chūn
她一來就責備探春

bú wèi tā zhuó xiǎng　piān tǎn bié
不為她着想，偏袒別

rén wàng le mǔ qīn　tàn chūn wěi
人忘了母親。探春委

qū jí le　kū zhe shuō　wǒ bú guò shì àn guī ju bàn
屈極了，哭着説：「我不過是按規矩辦

shì　nín zěn me néng zhè yàng shuō wǒ ne
事，您怎麼能這樣説我呢？」

zhè shí　fèng jiě yīn wèi bú fàng xīn tàn chūn bàn shì
這時，鳳姐因為不放心探春辦事，

就派平兒來看看。探春跟平兒說了幾件她覺得不妥當的事情，說如果改一改，有一些銀子都可以省下來。平兒本來是擔心探春年輕沒經驗，現在看來卻覺得探春有主見，辦事果斷有魄力，於是恭敬地說：「這些都是要改的，您拿主意吧。」於是探春召集平時管事的人過來，向大家宣布那幾條不合理的規定，彼此都免了。眾人見她說得有理有據，而且還有平兒幫着她，沒有敢說不的。

平兒回去一一和鳳姐彙報，鳳姐說探春真是個又聰明又能幹的姑娘。

這天，探春、寶釵和李紈談論起家

務事，探春說起賈府管家的花園都是讓人包起來的，園子裏生產的東西不僅可以供自己家用，賣出去還有收入。探春又說，大觀園比他們家的園子大多了，如果也這麼做，必定也能節省下很多銀子。寶釵聽了立刻說好，於是叫來大觀園裏一些比較有經驗的人，讓她們各自承包起園子裏的竹林、魚塘、稻田等。那些人一見有錢賺，沒有不樂意的。寶釵又說：「一年到頭大家也辛苦了，所得的東西除了供園子裏各院使用之外，有剩餘的都交給你們處理吧。」那些人聽了更歡喜了，從此大觀園裏比以前更

有秩序、更
yǒu zhì xù gèng

有生機了。
yǒu shēng jī le

紫鵑為主試寶玉

這天，寶玉來看黛玉，黛玉正在睡午覺，寶玉不敢驚動她，就和黛玉的丫頭紫鵑聊天：「妹妹的咳嗽好些了嗎？現在老太太是不是每天都叫人給林妹妹送燕窩啊？」紫鵑和黛玉情同姐妹，想試試寶玉對黛玉是不是真心，於是騙寶玉說：「吃什麼燕窩啊，明年姑娘回蘇州了，到時候哪能天天有燕窩吃呢！」

寶玉一聽吃了一驚，忙問：「回蘇州幹什麼，林妹妹的父母都去世了，哪裏能回去？」紫鵑說：「雖然姑娘的父母去

世了，但還有很多親戚啊，可能明年就有人來接她了。」她說得這麼認真，寶

玉信以為真，急得整個人頓時呆了，這時晴雯來找寶玉，紫鵑就叫晴雯帶寶玉回去。

寶玉回去後，兩眼呆呆的，讓他坐，他就坐，讓他睡，他就睡，完全不知事了。眾人急得要死了，忙去稟告賈母和王夫人。賈母聽說寶玉是跟紫鵑說完話弄成這樣的，忙派人去叫紫鵑過來。誰知寶玉一見紫鵑，「哇」的一聲哭了出來，一把緊緊地拉住紫鵑的手說：「要走就把我也帶走。」大家不明白是什麼意思，紫鵑說她跟寶玉開玩笑，說林姑娘要回蘇州去，大家才明白

是怎麼回事。正說着，寶玉又見牆上的架子上放着一艘船，這下又不得了啦，他大叫道：「不好了，那船是來接林妹妹的。」襲人忙把船拿給他，他一把搶過藏在被子裏，這才笑着說：「這下可回不去了。」這時大夫來了，說寶玉只是一時急昏了，沒有大問題，賈母這才放心。

紫鵑又陪了寶玉一段時間，才返回黛玉身邊。這天晚上紫鵑對黛玉說：「寶玉對姑娘看來是真心的，我騙他一下，他就急出病來了。」黛玉聽了害羞，沒有答理她。

紫鵑停了一會又説：「姑娘和寶玉從小一起長大，最難得的是大家都知道彼此的性情脾氣。如今姑娘的父母都已去世，你又沒有兄弟幫你，要趁老太太還硬朗的時候，早點成親才好。」黛玉説：「你説這些幹什麼呢？」紫鵑説：「我是一心一意盼着姑娘好。」説完紫鵑就睡着了。黛玉想想紫鵑的話，真的是這麼回事，想到自己和寶玉以後也不知道能不能在一起，沒有人會為自己做主，又傷心起來，哭了一夜。

茉莉粉惹怒趙姨娘
mò lì fěn rě nù zhào yí niáng

huáng gōng li yǒu gè lǎo tài fēi qù shì le， cháo tíng guī
皇宮裏有個老太妃去世了，朝廷規

dìng yì nián zhī nèi bù néng yǎn xì yú lè， dà guān yuán li běn
定一年之內不能演戲娛樂，大觀園裏本

lái yǒu jǐ gè chàng xì de xiǎo nǚ hái， rú jīn yě bù néng chàng
來有幾個唱戲的小女孩，如今也不能唱

xì le， jiǎ mǔ biàn jiào tā men qù fú shi bǎo yù hé zhòng jiě
戲了，賈母便叫她們去服侍寶玉和眾姐

妹。芳官分配到了寶玉那裏，藕官去了黛玉那裏，其他的也都分散在眾姐妹們那裏。這天芳官要洗頭，拿了自己的香皂、頭油出來，哪知她乾娘讓自己女兒洗完才讓芳官洗。芳官見了，便說她偏心，她乾娘惱羞成怒就打了她。芳官氣哭了，說：「您每月都拿我的錢，現在卻連洗頭水都要我用你們剩

下的。」她乾娘聽了更是火大，大罵芳官。寶玉聽了罵道：「這個老婆子真是鐵石心腸，把她趕出去好了！」襲人也出來勸架，又罵了那老婆子幾句。芳官哭得傷心極了，頭髮也散了，兩眼紅紅的，讓人覺得真是可憐。晴雯過去替她洗淨頭髮，用毛巾擦乾，叫她穿好衣服過來。

這天，跟着寶釵的蕊官託人給芳官送來一包薔薇硝，正好賈環在寶玉那裏，見了也想要。因為是好朋友送的東西，芳官不想給他，但又不好拒絕，就拿了一包茉莉粉給他。賈環拿了回去給

趙姨娘，趙姨娘一看就知道賈環被騙了。賈環也不在意，但趙姨娘卻很生氣，罵賈環：「你現在居然被一個丫頭欺負，真是太丟臉了，還不去找芳官算賬！」賈環又愧又急不肯去，趙姨娘就自己去了。在路上剛好遇到芳官的乾娘，兩個人你一句我一句，覺得自己有道理，應該要治一治芳官。趙姨娘聽了膽子更大了，就拿着茉莉粉噔噔噔地跑到怡紅院來。

芳官和襲人等正在吃飯，趙姨娘見了芳官，二話不說把茉莉粉照芳官臉上摔來，指着芳官罵：「你不過是個小戲

子，居然敢這樣欺負人，相不相信我叫人把你趕出去！」氣不平又啪啪打了芳官兩巴掌。芳官哪裏受過這種委屈，一時間哭鬧起來。蕊官、藕官都跟芳官特別要好，這時正在一起玩，聽說芳官挨打了，都跑過來，幾個人一擁而上圍住趙姨娘，有的拉她的衣服，有的扯她的頭髮，打成一團。襲人見打成這樣了趕緊來勸，晴雯卻拉住她笑着説：「讓她們鬧去，這才好玩呢。」説是這樣説，晴雯早派人去通知了探春，探春聽説趙姨娘在這裏打架，趕忙過來，大家見探春來了這才停了手。

湘雲醉酒寶玉夜宴

寶玉和寶琴的生日是同一天。一大早，眾姐妹和丫頭們都來給他們慶壽。

大家在紅香圃邊吃東西邊玩耍，湘雲和寶玉玩划拳，寶釵和寶琴則玩猜謎語。

寶玉划拳輸給了湘雲，湘雲給他出難題，要他把一句古文，一句古詩，一個詞牌名，一個骨牌名湊成一段話，寶玉想不出來，黛玉說：「你喝杯酒，我來替你說。」黛玉一下子就說出來了。湘雲又和寶琴划拳，這回輪到她輸了，湘雲只想了一會，就想出來，她還夾起碗

裏的一個鴨頭説：「這鴨頭不是那丫頭，頭上哪討桂花油。」引得眾人一陣大笑。晴雯她們説：「雲姑娘取笑我們，要快快的罰她一杯。」大家嘻嘻哈哈的笑成一團，湘雲卻不知跑哪裏去了。

正説笑着，有個丫頭笑嘻嘻走進來説：「大家快去瞧瞧雲姑娘，她吃醉了貪圖涼快，在花園一塊板石凳上睡着了。」大家忙走出來，只見湘雲躺在一張石凳上，頭下枕着用手帕包起的一包芍藥花瓣，粉紅色的花朵飄得她滿身都是，手上拿的扇子也掉到地上了，很多

hú dié zài tā shēn biān fēi lái fēi qù yuán lái xiāng yún hē le
蝴蝶在她身邊飛來飛去。原來湘雲喝了

tài duō jiǔ běn lái xiǎng zǒu dào shù xià xiū xi yí huì xiǎng
太多酒，本來想走到樹下休息一會，想

不到卻一下子就睡着了。大家悄悄地走到她身邊，只聽她一邊睡一邊口裏還在說話。大家又是愛又是笑，連忙把她推醒。湘雲醒來後見大家圍着自己，也不好意思地笑了。

晚上，寶玉的丫頭們要為他過生日，大家都熱熱鬧鬧地圍着大桌子坐在炕上。有人提議把寶釵、黛玉等姐妹也叫來，於是連忙派人把她們都請來了。

晴雯拿了一個簽筒來，寶釵先抽，抽到的簽上畫着牡丹，上面還寫着一句唐詩：「任是無情也動人」，大家都説牡丹雍容華貴，很合寶釵。寶釵笑説：

「芳官唱個小曲給我們聽，再接着玩。」

芳官只得唱了。

接着探春抽到一支籤，她一看，卻

笑着把籤扔了，大家連忙去撿，原來上

面寫着「得此籤者必得貴婿」，大家哈

哈大笑，一定要探春喝一杯酒。黛玉抽

的籤上畫的是朵芙蓉花，大家都说芙蓉

huā hěn pèi tā　　zhòng rén yòu wán yòu hē jiǔ　　yì zhí dào kuài
花很配她，眾人又玩又喝酒，一直到快

tiān liàng cái sàn
天亮才散。

二尤姐妹無辜逝命

這天，賈珍的父親去世了，賈府忙着辦喪事。鳳姐還在病中，沒辦法過來幫忙。賈珍的妻子尤氏就叫來母親和兩個同父異母的妹妹尤二姐和尤三姐幫忙料理家務。尤二姐和尤三姐兩姐妹都長得很漂亮，不過脾氣卻大不一樣。尤二姐溫柔，尤三姐潑辣。賈璉幫忙辦喪事，一來二往和尤二姐熟了，他很喜歡尤二姐，就想娶尤二姐為妾。但是鳳姐很厲害，因為怕鳳姐鬧事，賈珍、賈蓉都幫他隱瞞着。賈璉偷偷在外面買了一

套房子，在那裏娶了尤二姐。尤二姐也不覺得委屈，一心一意跟着賈璉過日子。尤三姐性格剛強，看不慣賈璉、賈珍，高興了就和他們一起喝酒，不高興了就痛罵他們一頓，還説如果他們敢欺負她們姐妹，她必定跟他們拼了。

尤三姐也到了出嫁的年紀，尤二姐就想替尤三姐説親，可是尤三姐説除了柳湘蓮她誰都不嫁。剛好賈璉有一次在路上碰到了柳湘蓮，就跟他説了此事。柳湘蓮也同意，並立刻拿了家傳的鴛鴦雙劍給賈璉帶回去做定禮。賈璉回去跟尤三姐説了，尤三姐很高興，就在家裏

一心一意的等候柳湘蓮來迎娶她。想不到柳湘蓮素來厭惡賈珍等人，當知道她是賈珍的小姨子後，就懷疑她的人品，連忙趕到尤家來討回定禮。尤三姐見他來了，原本高高興興，誰料得知柳湘蓮是來討回劍的，她覺得無法辯解，就把一把劍還給他，然後用另一把劍自刎了。柳湘蓮這才知道尤三姐是這麼剛烈可愛的人，可是已經無法挽回了。柳湘蓮痛哭一場才告辭，之後就隨一個跛腿道士出家了。

紙包不住火，賈璉偷娶尤二姐的事情還是被鳳姐知道了。鳳姐很有心計，

她並沒有跟賈璉鬧，反而親自去把尤二姐接進府裏來一起住。賈璉和尤二姐以

為鳳姐同意了，都很高興。他們卻沒想到鳳姐暗藏禍心，她派了一個丫頭去伺候尤二姐，表面上是照顧尤二姐，其實暗中叫那個丫頭欺負尤二姐。尤二姐性格很軟弱，被人欺負也不敢說出來。賈赦知道賈璉偷娶尤二姐，不但不罵他，反而說他有用，還把他的丫頭秋桐許給賈璉。這秋桐也很潑辣，加上鳳姐的挑撥，於是她天天咒罵尤二姐，尤二姐天天哭泣，日子很不好過。不久尤二姐發現自己懷孕了，請來了醫生看病，這醫生卻胡亂下藥，結果把胎兒打掉了。尤二姐傷心絕望，覺得生活已沒有希望，

就<ruby>吞<rt>tūn</rt></ruby>了塊<ruby>金<rt>jīn</rt></ruby>子自

<ruby>盡<rt>jìn</rt></ruby>了。<ruby>賈<rt>jiǎ</rt></ruby><ruby>璉<rt>liǎn</rt></ruby>十

分悲傷，但也

<ruby>毫<rt>háo</rt></ruby><ruby>無<rt>wú</rt></ruby><ruby>辦<rt>bàn</rt></ruby><ruby>法<rt>fǎ</rt></ruby>。

鳳姐無端受冤屈

這一年的八月初三是賈母的八十歲大壽，陸陸續續的很多人來給賈母拜壽。賈府很多事需要料理，但鳳姐生病了，就叫了賈珍的妻子尤氏過來幫忙。

晚上尤氏回家時，看見園中正門仍未關，就命丫頭去叫人來關門，可是找到了兩個老婆子，那兩個老婆子居然說和她們不相關，她很生氣。鳳姐知道後，就叫人把那兩個老婆子綁了起來。其中一個老婆子的親家

和邢夫人很好，就跑去向邢夫人求情。

邢夫人因為見賈母只喜歡王夫人和鳳姐，心裏早就不高興，這時候聽說鳳姐要罰她的人，心裏更不舒服了，於是想整治一下鳳姐。這天晚上，她故意當着眾人的面為這兩個老婆子向鳳姐求情，說：「不看我的面，就請看在老太太的面上，放了她們吧！」鳳姐又尷尬又委屈。可因為是賈母的生日，邢夫人又是她婆婆，想發作想抱怨也沒辦法，便回房中偷偷哭泣。

鴛鴦聽說了這事，便來找平兒，問起鳳姐的病和她哭的緣故，平兒悄悄對

她說：「二奶奶這兩日病得越發重了，再加上前兩天受了大太太的氣，現在病得起不來，她平時又太好強了，就算病了也不肯看醫生，就連身邊的人問一聲她也會生氣。」二人正說着，賈璉回來了。看見鴛鴦，就說缺錢花，要鴛鴦拿一些賈母的東西出來換銀子。因為最近府裏花銷大，加上為賈母過生日又花了許多錢。鴛鴦也知道現在府裏已經不像從前那樣有錢了，雖然平日裏有鳳姐管着，也剩下一些銀子，但她因此得罪了很多人，這些人都在背後詛咒她，恨不得她死，於是就答應了賈璉。

zhè rì jiǎ fǔ de yā tou shǎ dà jiě zài yuán
這日賈府的丫頭傻大姐在園

zi li jiǎn dào yí gè xiāng náng　shàng miàn huà le yì xiē
子裏撿到一個香囊，上面畫了一些

hěn cū sú de huà　xíng fū rén fā xiàn hòu chī le yì jīng
很粗俗的畫。邢夫人發現後吃了一驚，

jiù ná le qù zhǎo wáng fū rén　shuō zhè kěn dìng shì fèng jiě
就拿了去找王夫人，説這肯定是鳳姐

帶進園子裏時丟的。王夫人很生氣，就拿着去找鳳姐，不由分說把鳳姐罵了一頓。鳳姐很委屈，跪下來哭着對王夫人說：「我怎麼樣也是個大戶人家小姐，怎麼可能有這些粗俗東西呢，而且我又不是個不懂事的人，怎麼會把這種東西帶在身邊？園子裏那麼多姐妹，還有園子外那邊的太太姨娘也經常過來，為什麼一定說是我？可能是哪個丫頭的也不一定啊。」王夫人聽了想了想，覺得有理，說錯怪她了。但既然有這東西，說明大觀園裏有不守規矩的人，要好好搜查、整頓一下了。

聽讒言抄檢大觀園

本來王夫人就不喜歡晴雯等長得漂亮的丫頭，老是覺得她們會教壞寶玉，現在出了香囊的事情，所以王夫人就藉此抄檢大觀園，要把各房丫頭們的東西都仔細檢查一遍，於是叫了幾個管事的老婆子協助鳳姐把園子抄檢一下。那幾個老婆子裏有一個姓王的，因為平常園子裏丫頭們都不喜歡她，她懷恨在心，這次聽說要抄檢大觀園，覺得報仇的機會來了，因此特別賣力。當天夜裏，鳳姐就帶着一羣老婆子進了園子。她們首

先來到寶玉房裏，襲人見有人來檢查東西，不敢問，就把自己的包袱箱子都打開來給她們看，看過後沒有什麼，就要搜查晴雯的，襲人剛要替晴雯打開箱子，晴雯就從外面衝了進來，她拿起箱子咕咚一下把裏面的東西全倒在地上。

這些人見晴雯這樣，覺得很沒趣，又檢查不出什麼，只好到別處去了。

到了探春院內，早就已有人報知探春了。探春想到肯定有什麼緣故，於是叫人點亮了燈在那裏等她們。探春問鳳姐為什麼要檢查，鳳姐只好撒謊說因為丟了東西，所以大家都要查一查。探春

冷笑着説：「我的丫頭都是賊，我就是賊主，如果要搜就搜我的好了。」於是叫丫頭把她的箱子、櫃子都打開讓鳳姐她們檢查。鳳姐知道探春生氣了，忙陪笑説：「我只是奉太太的命來的，妹妹別錯怪我，何必生氣。」並叫平兒幫探春把箱子關上。哪知那王婆子自以為是邢夫人的人，以為自己有頭有臉，竟跑去拉住探春的衣服，掀了一下她的衣襟，嘻嘻説：「我連姑娘身上都搜了，果然沒有什麼。」探春哪裏受得了她這般無禮，只聽「啪」的一聲，探春給了她一個耳光，又狠狠罵了她一頓，那王

婆子十分
_{pó zi shí fēn}

羞愧，灰溜溜
_{xiū kuì huī liū liū}

的走了。
_{de zǒu le}

接着，
_{jiē zhe}

一羣人
_{yì qún rén}

又來到迎
_{yòu lái dào yíng}

春的房子，迎春已經睡下了，鳳姐就直
_{chūn de fáng zi yíng chūn yǐ jing shuì xià le fèng jiě jiù zhí}

奔丫頭的房間。迎春的丫頭司棋是王婆
_{bèn yā tou de fáng jiān yíng chūn de yā tou sī qí shì wáng pó}

子的外孫女，王婆子隨意掏了一個司棋的箱子，就說沒什麼東西，想把箱子蓋上。哪知另外一個老婆子看到司棋的箱裏有一雙男人的鞋子和一封信，忙拿來給鳳姐看，原來是司棋表弟寫給司棋的情書。王婆子沒想到最後拿到的居然是自己的外孫女，真是又羞又怒，於是大罵司棋。司棋並不分辯，也沒有慚愧的神色。原來司棋早與她表弟相好，兩人在園裏暗中相會，哪知有一次被人碰見後，她表弟膽小就逃走了。司棋很氣她表弟這般沒擔當，心裏也在憂慮早晚會有被查出的一天。

中秋賞笛黛湘吟詩

轉眼間，中秋到了，賈母命眾人一起到大觀園裏賞月。大家在園子裏的凸碧山莊擺下酒席。今年的人比往年的人少了許多，鳳姐和李紈都病了沒來，寶釵和寶琴都回自己家裏團圓去了。人少了，也就沒往年那麼熱鬧了。賈母說賞月太單調還須聽笛，就叫買來的那些女孩子吹笛，誰料笛聲聽起來頗有些淒涼，賈母因此想起一些去世的人，想到

現在家裏一年不如一年，不知以後會發生什麼事，又變成怎樣，心裏很難受，落下淚來。寶玉因為晴雯近來生着重病，沒有心情賞月，就早早地回去了。

探春思慮重，因為近來家裏發生了不少事心情也不好，迎春、惜春平時説話就不多，所以酒席上冷冷清清，竟看不出是過節。賈母見大家都很沉悶，加上天也晚了，就叫大家散了。

黛玉想到中秋本是團圓之時，可是自己的父母卻都不在了，不由對景傷情，又流起淚來。各人散去後，湘雲怕黛玉傷感，陪着她散心，湘雲説到山下

的凹晶館去繼續賞月作詩。凹晶館在山下的湖邊，湖裏種着一片片美麗的荷花。此時亭裏靜悄悄的，湖水很澄淨，倒映着天上的明月，別有一番景色。黛玉和湘雲就以中秋為題聯詩，兩人正聯着詩時，湖裏突然有個黑影一閃，黛玉嚇得躲在湘雲背後說：「你看那河裏怎麼像有個人影似的，那是鬼嗎？」湘雲說：「我是不怕鬼的，等我打它一下。」說着撿起一塊石頭扔進湖裏，那黑影「嘎」的一聲飛了起來，原來是一隻白鶴，兩人都笑了起來。

兩人正接着聯詩，這時聽到有人

說：「好詩，只是太悲涼了。」原來是妙玉。妙玉也到園子裏來賞月，無意間聽到她們在聯詩，就在旁邊聽了一會。

妙玉邀請她們到櫳翠庵喝茶，於是三人一起來到櫳翠庵。妙玉說她們剛才的詩寫得很好，只是黛玉的詩太淒涼，想幫她們繼續寫下去。黛玉從沒見妙玉寫過詩，今天見她這麼高興，當然說好。

妙玉一揮而就把詩寫了

chū lái　　　dài yù　　xiāng yún yí
出來，黛玉、湘雲一

kàn　　　guǒ rán xiě de hěn hǎo　　　yè shēn le　　　dài
看，果然寫得很好。夜深了，黛

yù hé xiāng yún gào cí chū lai　　xiāng yún jiù suí dài yù huí dào
玉和湘雲告辭出來，湘雲就隨黛玉回到

xiāo xiāng guǎn xiē xi　　xiāng yún yǒu zé chuáng de máo bìng　　　yì shí
瀟湘館歇息。湘雲有擇牀的毛病，一時

shuì bù zháo　　dài yù ne　　shēn tǐ yuè lái yuè chā　　cháng cháng
睡不着。黛玉呢，身體越來越差，常常

shì hěn nán rù shuì de
是很難入睡的。

晴雯離世寶玉傷悼

自從上次搜索大觀園，查出司棋的事後，王夫人認為大觀園非要好好整頓一番不可。她叫人把司棋趕出去。司棋不願出去，哭着求迎春幫她說情。可是迎春這個人很老實，怕惹事，不敢開口說話，司棋只好哭着走了。接着王夫人又來到怡紅院裏，她認為晴雯長得太漂亮，又太厲害，芳官也經常鬧事，就命人把她們也趕出去。

這時晴雯正在重病中，王夫人也不肯放過，叫人把她抬出去。還吩咐只把

她貼身穿的衣服給她，其餘那些較好的留下來給好丫頭們穿。寶玉很着急，可是見王夫人正在火頭上，也不敢勸，只能等王夫人走後叫襲人給晴雯送了一些衣服用品去，叫她好好養病。可是寶玉心裏很明白，晴雯是再也不可能回來的了，她也許就這樣永遠地離開了他。

第二天，寶玉獨自偷偷地央求一個老婆子帶他到晴雯家裏看她。只見晴雯睡在一張破牀上，連個端茶的人都沒有。寶玉心裏難受極了，上去輕輕叫她，晴雯慢慢地睜開眼睛，見到寶玉，又驚又喜，又悲又痛，説：「我以為再

也見不到你了。」寶玉見晴雯如此虛弱，眼淚止不住就流下來。晴雯剪下自己手指上兩根長長的紅指甲，又脱下了自己一件貼身穿的衣服交給寶玉留念，委屈地説：「我雖然比別人長得好些，可是並沒有勾搭你幹壞事，怎麼就把我趕了出來？」説着又哭起來。寶玉連話都説不出來，只是拉着晴雯的手流眼淚。晴雯説：「這裏骯髒，你快回去吧！」寶玉又哭了，此時晴雯的嫂子回來，寶玉連忙走了。

當天夜裏寶玉夢見晴雯來和她告別，第二天有人來告訴寶玉，説晴雯死

了，還告訴他芳官和她那幫唱戲的姐妹
們出去後都到水月庵做尼姑了。寶玉就
問來報信的小丫頭，晴雯死前說了什麼
沒有。小丫頭說沒說什麼。旁邊那個丫
頭很伶俐，見寶玉這樣問，連忙說晴雯

死的時候説起寶玉了，叫她跟寶玉説她
到天上去做花神了，專管芙蓉花。寶玉
心想，晴雯長得那麼好看，管芙蓉花正
好合適。寶玉回到房中，忍住悲傷，寫
了一篇《芙蓉女兒誄》的文章悼念晴
雯。當天晚上，他叫丫頭準備了四樣晴
雯平日喜歡吃的東西，然後命小丫頭捧
到芙蓉花前，擺了桌子祭奠晴雯。寶玉
先行禮，然後忍着淚把祭文唸完，把祭
文燒了，才依依不捨地離去。

香菱受虐迎春錯嫁

薛蟠娶了一個妻子，名叫夏金桂。

這夏金桂非常刻薄，為人毒辣，她不僅處處管着薛蟠，而且還想欺壓家裏的人。她見薛姨媽、寶釵都喜歡香菱，就很恨香菱。有一天，她問香菱她的名字是誰取的。香菱回答說是寶釵，又讚寶釵讀書多，人也好。夏金桂聽了很生氣，就說這名字取得一點也不好，非要香菱改名為「秋菱」。香菱沒有辦法只有答應了，寶釵也不和她計較。金桂又叫香菱去伺候她，每天晚上總要不時地

叫香菱半夜起來好幾次，不是說要喝茶，就是要添被子。如果香菱動作慢一點就破口大罵。薛姨媽和寶釵看在眼裏，也沒辦法，為了不想家裏每天都吵吵鬧鬧的，也就忍下來了。

哪知道這夏金桂以為薛姨媽和寶釵怕事，就更加放肆了，對香菱越來越惡毒，整天找香菱的麻煩。這天，她知道薛蟠在調戲她的丫頭，就故意叫香菱過去幫她拿東西，香菱一推開門，把薛蟠嚇了一跳，那丫頭趁機跑了，薛蟠氣得大罵香菱。

沒過幾天，夏金桂又找麻煩了，她

說香菱在她枕頭下放了些不乾淨的東西去詛咒她，弄得她每天都睡不好。薛蟠聽了二話不說，拿起棍子就打香菱。薛姨媽和寶釵連忙來勸架，夏金桂見了就躺在地上撒潑起來，說薛家上上下下的人都想她死。薛蟠聽了煩躁極了，更是狠命地打香菱。

榮府這邊也不安寧。賈赦把迎春嫁給了孫家的孫紹祖。這孫紹祖家裏有點錢，但他本人沒讀過什麼書，人又魯莽又蠻橫。可是賈赦欠了孫家的錢，因此雖然有人勸他說孫紹祖不是好人，但他根本不聽別人的勸說，就把迎春嫁給了

<ruby>孫<rt>sūn</rt></ruby><ruby>紹<rt>shào</rt></ruby><ruby>祖<rt>zǔ</rt></ruby>。<ruby>迎<rt>yíng</rt></ruby><ruby>春<rt>chūn</rt></ruby><ruby>嫁<rt>jià</rt></ruby><ruby>過<rt>guo</rt></ruby><ruby>去<rt>qu</rt></ruby><ruby>沒<rt>méi</rt></ruby><ruby>多<rt>duō</rt></ruby><ruby>久<rt>jiǔ</rt></ruby><ruby>回<rt>huí</rt></ruby><ruby>娘<rt>niáng</rt></ruby>

<ruby>家<rt>jiā</rt></ruby>，<ruby>見<rt>jiàn</rt></ruby><ruby>了<rt>le</rt></ruby><ruby>眾<rt>zhòng</rt></ruby><ruby>人<rt>rén</rt></ruby><ruby>不<rt>bù</rt></ruby><ruby>停<rt>tíng</rt></ruby><ruby>地<rt>de</rt></ruby><ruby>哭<rt>kū</rt></ruby>，<ruby>說<rt>shuō</rt></ruby>：「<ruby>這<rt>zhè</rt></ruby><ruby>孫<rt>sūn</rt></ruby><ruby>紹<rt>shào</rt></ruby>

<ruby>祖<rt>zǔ</rt></ruby><ruby>又<rt>yòu</rt></ruby><ruby>賭<rt>dǔ</rt></ruby><ruby>錢<rt>qián</rt></ruby><ruby>又<rt>yòu</rt></ruby><ruby>酗<rt>xù</rt></ruby><ruby>酒<rt>jiǔ</rt></ruby>，<ruby>自<rt>zì</rt></ruby><ruby>從<rt>cóng</rt></ruby><ruby>我<rt>wǒ</rt></ruby><ruby>嫁<rt>jià</rt></ruby><ruby>到<rt>dào</rt></ruby><ruby>了<rt>le</rt></ruby><ruby>他<rt>tā</rt></ruby><ruby>們<rt>men</rt></ruby>

<ruby>家<rt>jiā</rt></ruby>，<ruby>他<rt>tā</rt></ruby><ruby>每<rt>měi</rt></ruby><ruby>天<rt>tiān</rt></ruby><ruby>都<rt>dōu</rt></ruby><ruby>打<rt>dǎ</rt></ruby><ruby>我<rt>wǒ</rt></ruby>，<ruby>我<rt>wǒ</rt></ruby><ruby>連<rt>lián</rt></ruby><ruby>家<rt>jiā</rt></ruby><ruby>裏<rt>li</rt></ruby><ruby>的<rt>de</rt></ruby><ruby>丫<rt>yā</rt></ruby><ruby>頭<rt>tou</rt></ruby><ruby>都<rt>dōu</rt></ruby>

<ruby>不<rt>bù</rt></ruby><ruby>如<rt>rú</rt></ruby><ruby>呢<rt>ne</rt></ruby>，<ruby>嗚<rt>wū</rt></ruby><ruby>嗚<rt>wū</rt></ruby>！」<ruby>眾<rt>zhòng</rt></ruby><ruby>姐<rt>jiě</rt></ruby><ruby>妹<rt>mèi</rt></ruby><ruby>聽<rt>tīng</rt></ruby><ruby>了<rt>le</rt></ruby><ruby>都<rt>dōu</rt></ruby><ruby>很<rt>hěn</rt></ruby><ruby>傷<rt>shāng</rt></ruby>

<ruby>心<rt>xīn</rt></ruby>，<ruby>寶<rt>bǎo</rt></ruby><ruby>玉<rt>yù</rt></ruby><ruby>就<rt>jiù</rt></ruby><ruby>要<rt>yào</rt></ruby><ruby>去<rt>qù</rt></ruby><ruby>告<rt>gào</rt></ruby><ruby>訴<rt>su</rt></ruby><ruby>賈<rt>jiǎ</rt></ruby><ruby>母<rt>mǔ</rt></ruby><ruby>說<rt>shuō</rt></ruby><ruby>不<rt>bú</rt></ruby><ruby>讓<rt>ràng</rt></ruby><ruby>迎<rt>yíng</rt></ruby><ruby>春<rt>chūn</rt></ruby><ruby>回<rt>huí</rt></ruby>

<ruby>紅<rt></rt></ruby><ruby>樓<rt></rt></ruby><ruby>夢<rt></rt></ruby>

去了。可是王夫人不答應，迎春的父母
也都不關心，迎春只住了幾天，就又回
孫家了。後來就被孫紹祖折磨死了。

寶玉入家塾黛玉驚夢

這天，賈政問寶玉最近在讀什麼書，他教訓寶玉不要只知道玩，以後考試做官也不是靠作詩作對子就可以的，要學習一些八股文章，要寶玉重新再學八股文、作文章。賈府家塾的老先生叫賈代儒，賈政覺得他的學問很好，就叫寶玉跟他讀書。寶玉回來後趕忙去告訴賈母，想讓賈母阻止賈政別讓他去。哪知道賈母說：「你只管放心去，不要令你父親生氣。有什麼難為你的，不要怕，有我呢！」寶玉沒有辦

fǎ ，只好回去吩咐襲人第二天早點叫他
zhǐ hǎo huí qu fēn fù xí rén dì èr tiān zǎo diǎn jiào tā

起牀。
qǐ chuáng

襲人一直希望寶玉好好讀書，所以
xí rén yì zhí xī wàng bǎo yù hǎo hǎo dú shū suǒ yǐ

心裏很高興，一夜都睡不踏實，一早就把寶玉叫醒，準備好筆墨。賈政親自帶寶玉到私塾裏見賈代儒。

賈政走後，賈代儒問寶玉讀過什麼書，又教訓寶玉說要先讀四書五經，有時間再去學吟詩作對，寶玉聽了心裏不舒服，但又不好爭辯，只有點頭答應。

寶玉坐在靠窗的桌子，坐下後，看看周圍的人，沒有一個看來比較順眼的，於是想起以前和他一起讀過書的好友秦鍾，如今沒有人可以說說話，做個伴的，心裏有點難受，就看着書發起呆來。賈代儒見他這副樣子，就叫他起來

讀書，又要他把書裏的意思解釋出來，寶玉胡亂應付了幾句，然後賈代儒指出他說錯的地方。賈代儒見寶玉只是悶悶的樣子，怕賈母擔心，就說今天第一天上學你可以早點回去。

這邊黛玉見寶玉去上學了，也覺得無聊。這天夜裏，黛玉想到自己的身體不是太好，年紀又大了，自己和寶玉感情雖然很好，但是外祖母及舅母又沒有流露出把他們配對的意思。深恨父母在世時為什麼不早定了這婚姻。想着想着，又不由滴下淚來，沒脫衣服就睡覺了。剛剛睡着，就夢到王夫人、鳳姐她

們都來看她，她們嘻笑着說她父親要把她嫁給一個人。黛玉急了，忙跑去找賈母，求賈母說她不要嫁給那個人。哪知道賈母卻說做了女人，始終是要出嫁的。她長久住在賈府，也不是辦法。黛玉急得大哭，這時候寶玉來了，她馬上抓住寶玉問他怎麼辦。寶玉說：「我是不想妹妹走的，你要不信的話，就看看我的心。」說完就拿着一把刀子在胸口上一劃，只見鮮血直流，黛玉嚇得魂飛魄散，抱着寶玉放聲痛哭。這時只聽見紫鵑說：「姑娘醒醒。」黛玉醒來，才知是場噩夢。

林黛玉撫琴盼知音

這天，寶玉來看黛玉。只見黛玉正在看書，寶玉也湊近一看，卻一個字也看不懂。寶玉就笑着對黛玉說：「妹妹越來越厲害了，居然能看懂天書了。」

黛玉笑着說：「虧你還天天去唸書，連琴譜都沒見過？」寶玉說：「我知道琴譜，只是上面的字一個也不認識，妹妹你認識嗎？」黛玉說：「如果不認識那看它有什麼用？」寶玉問道：「妹妹你會彈琴？我沒見過你撫琴啊！」黛玉笑着說：「以前我是學過

的，但這彈琴要有人懂聽才行啊，要不
de　　dàn zhè tán qín yào yǒu rén dǒng tīng cái xíng a　　yào bù

有什麼用呢。」說着歎了口氣。
yǒu shén me yòng ne　　shuō zhe tàn le kǒu qì

寶玉怕她又傷心了，忙說：「改天
bǎo yù pà tā yòu shāng xīn le　　máng shuō　　gǎi tiān

我叫其他姐妹都來學，你們彈，我來
wǒ jiào qí tā jiě mèi dōu lái xué　　nǐ men tán　　wǒ lái

聽。」黛玉笑着説：「只怕你聽不懂，

我們就是對……」寶玉也笑了，説：

「只要你們能彈，我便愛聽，管我牛不

牛呢！」

寶玉走後，探春、湘雲等人來探黛

玉。湘雲説到眾姐妹有的原來生活在北

方，有的生活在南方，現在都聚在一

起，所以人和人之間是各自有緣分的。

她們閒聊了一會就告辭了，黛玉想到湘

雲的話，心裏又傷感起來。這時紫鵑來

問她：「姑娘，晚上喝粥好嗎？另叫廚

房做一碗白菜火腿湯。」黛玉點點頭。

沒一會，飯菜來了，紫鵑盛好粥，黛玉

只喝了半碗粥，喝了兩三勺湯就不吃了。她叫紫鵑她們吃飯，自己點了香，又拿起琴譜來看。

這時外面的風呼呼地吹，吹得屋簷掛的鈴鐺「叮叮噹噹」地響。雪雁已吃完飯，黛玉就叫雪雁拿自己的毛衣來。

雪雁拿了包袱過來，打開只見裏面有以前寶玉送給黛玉的手帕，還有黛玉鬧別扭時剪掉的荷包。

黛玉一看見這些東西，又發起呆來。想着想着淚又掉了下來，雪雁也不知道怎麼勸，只呆呆地站在一旁。

這天，寶玉想起好多天沒見惜春，

便去找惜春，見到惜春和妙玉正在下棋。寶玉就站在一旁看，又和她們説了一會話。妙玉走時，請寶玉給她帶路。

走到半路，聽到有琴聲傳來，寶玉高興地説：「是林妹妹在彈琴，我們去

看看她。」妙玉笑他：「從來只有聽琴，哪有看琴的？」於是兩人就坐在山石上靜靜地聽黛玉彈琴。妙玉一邊聽，一邊給寶玉解釋。只聽黛玉的琴調越彈越高，妙玉擔憂地說：「這麼高，恐怕不能持久啊。」果然沒過一會，就聽到「嘭」的一聲，黛玉的一根琴弦斷了，妙玉站起來連忙就走。寶玉問：「怎麼樣？」妙玉說：「你以後就知道了。」說完也不理寶玉，自己就走了。寶玉一肚子疑團，只好回去了。

誤傳訊息黛玉絕食

轉眼間，十月到了。這天，寶玉看過黛玉回去後，黛玉就在房裏休息。紫鵑出來見雪雁一個人坐着發呆，就問她：「你有心事嗎，幹嗎發呆？」雪雁

嚇了一跳，說：「你不要大聲說話，我今天聽到了一件事，我告訴你聽，你說奇不奇。」說着她悄悄地拉紫鵑到外面說：「姐姐，你聽見了嗎，聽說寶玉要娶親了，那人是大老爺的相識張家的小姐。」紫鵑聽了嚇了一跳，忙問：「你

從哪裏聽來的，怎麼我都沒聽說呢？」

雪雁說：「她們說是老太太怕寶玉老是玩，就想把他的親事先定下來，她們不讓人說出去，所以也沒有幾個人知道。」

紫鵑忙看看房裏，對雪雁說：「這事千萬不能讓姑娘知道。」

正說到這裏，就聽見黛玉在屋裏叫紫鵑。原來黛玉早已經把她們的話聽得清清楚楚，她思前想後，又想到了早日所作的夢，心裏不由千愁萬恨。左右打算，不如早點死了，反正活着沒趣。打定主意後，她就把自己的身子一日日糟蹋下去，晚上睡覺時故意把被子踢掉，

紫鵑幫她蓋上，她又踢掉。每天也不好好吃飯，誰勸了也沒用。

寶玉來看她，覺得很心疼，可是又不知道勸黛玉什麼好，怕說錯了話惹黛玉更傷心。

沒過幾天，黛玉的病就越來越厲害了，人非常虛弱，大家都不知道她的病為什麼一下子變得這麼厲害，都很着急。

十幾天之後，黛玉心裏有時清醒，有時昏暈。這天，探春派丫頭侍書來看黛玉，雪雁忙拉住她問：「前日我聽你說寶玉要成親的事是不是真的啊？」侍

書説：「是真的啊，只不過後來老太太不同意，説要親上加親，還是要定一個園子裏的姐妹給寶玉。」雪雁高興地説：「原來是這樣，差點就害死我們姑娘了。」黛玉原本氣息奄奄的在牀裏躺着，迷糊中也聽到了她們的話，她想，既然是親上加親，又要在園子裏找，那應該就是我了。想着想着就不想死了，當紫鵑問她要不要喝水，她微微點頭，喝了水之後仍舊躺下，慢慢地也開始吃東西了。

大家都在奇怪黛玉的病怎麼好得這麼快，賈母細細想，猜着了幾分。

寶玉失玉寶釵要嫁

十一月的一天，園子裏一片吵嚷聲，原來怡紅院幾株已經枯死的海棠這幾天突然開出花來。大家爭着去看，賈母和王夫人也去了。賈母看了非常高興，說：「這海棠應該是三月開花的，現在是十一月，卻開花了，應該是什麼好兆頭。」大家也都連聲說是，黛玉說：「可能是寶玉哥哥最近認真讀書了，舅舅也高興，所以這海棠就開花了。」賈母聽了就更歡喜了，還吩咐寶玉、賈環和李紈的兒子賈蘭各人作一首

shī zhì xǐ zhòng rén gāo xìng wéi dú tàn chūn xīn li dān
詩誌喜。眾人高興，唯獨探春心裏擔

yōu tā xiǎng zhe zhè hǎi táng wèi dào yuè fèn què tū rán
憂，她想着：這海棠未到月份，卻突然

開花，這實在是太怪異了，說不定是壞

事呢。但見大家都很高興，也就不敢說

出來。鳳姐又派平兒拿了紅綢緞裹在海

棠上。

　　賈母賞完海棠回去後，寶玉回房換

衣服，再穿衣服時玉卻沒有戴上，襲人

就問他把玉放哪了。寶玉說放在桌子上

了。襲人看桌子上並沒有，又在屋裏找

了一遍，都找不到。襲人嚇得一身冷

汗，又不敢讓賈母知道，只好偷偷來告

訴探春。探春也急了，因為這玉是寶玉

出生就戴着的，丟了會要了他的命，於

是就命令搜查整個園子。丫頭們仔仔細

細搜查整個園子，仍然沒有找到。探春心想，這人偷了東西哪裏會藏在身邊，肯定是先找地方藏好了，應該不會放在園子裏，於是偷偷叫人出去找。這裏襲人急得大哭，寶玉看不過，就說：「如果老太太問起就說我自己弄丟了，不就沒事了。」襲人說：「小祖宗，你說丟了玉不要緊，但如果被老太太她們知道，我們這些人就要粉身碎骨了。」說着，便嚎啕大哭起來。

眾人正為寶玉丟了玉而忙亂，這時宮裏又傳來消息說元妃病重，要賈母和王夫人進宮去。賈母和王夫人匆匆進宮

kàn wàng yuán fēi　　　　bù duō shí yuán fēi jiù qù shì le　　　jiǎ mǔ
看望元妃，不多時元妃就去世了。賈母

bēi qī　　yě méi shí jiān lái kàn bǎo yù　　yuán zi li de rén
悲戚，也沒時間來看寶玉，園子裏的人

dōu zài xiǎng jìn bàn fǎ zhǎo yù　　jiào rén qù zhǎo le suàn mìng xiān
都在想盡辦法找玉。叫人去找了算命先

生，算命的說：「這玉自己會回來的，不用急。」玉沒找到，寶玉變得癡癡呆呆的了，叫他坐，他就坐，端給他飯，他就吃，不端給他，他就不吃。大家都很擔心，但是又都束手無策。這天賈母來園子看望寶玉，才知道丟了玉，趕忙叫人去外面找，並寫了懸賞啟事，說找到了就賞銀子。晚上，賈母又跟王夫人和賈政商量說：「我叫人替寶玉算算命，那人說，要替他成親，沖沖喜才好。我覺得寶釵不錯，大方得體，不如就定了她吧。」

林黛玉焚稿病逝

賈母和賈政、王夫人商量寶玉娶親

的事被襲人聽見了，襲人心想寶玉喜歡

的是黛玉，如果要他娶寶釵，只怕沖喜

不成，還會害了他們三人。於是她就偷

偷來跟王夫人說：「我覺得寶二爺喜歡

的是林姑娘，要他娶寶姑娘他可能會不

肯啊。」王夫人就去同賈母說。賈母也

覺得這是一個大難題，她說：「如果寶

玉鬧起來怎麼辦呢？」這時鳳姐說：

「這倒也不難，只要來個『掉包計』就

行了，我們只對寶玉說娶的是黛玉，也

不要讓別人知道，寶玉聽了心裏就高興，等到了成親那天讓寶釵做新娘就行了。」賈母聽了覺得只能這樣了，並且吩咐下去，此事不可給任何人知道。

一天，黛玉在園裏散步，突然聽見有人在哭，她慢慢的走進前去，見是個傻乎乎的丫頭，黛玉就問她為什麼哭。

那丫頭一邊哭一邊說：「寶二爺要娶寶姑娘了，她們不讓我說，我只說了一句，她們就打了我一個耳光。」黛玉一聽，登時臉色都變了，她拉過那個丫頭，問：「快告訴我她們為什麼打你。」

那丫頭傻傻地說：「她們說要娶寶姑

娘，但不能告訴別人，我就問那麼以後是不是不能叫寶姑娘了，她們就打我。」

黛玉聽了幾乎暈過去，她勉強一步步走回了瀟湘館，剛走到門口就「哇」的一聲吐出一口鮮血來，眼睛也直了。

這回黛玉是真的病倒了。賈母雖然知道黛玉病重，但因為在忙寶玉的親

事，也沒來探望。黛玉一心想死。這天

晚上，寶玉娶親，黛玉知道自己不行

了，就叫紫鵑把她以前寫的詩稿和寶玉

送她的手帕拿來。紫鵑說：「姑娘好好

休息，等病好了，再看吧！」黛玉不

肯，又叫紫鵑把火爐移到牀前，拼了勁

一下子把這些東西都扔進火爐裏去了。

黛玉又掙扎着對紫鵑說：「妹妹，我這

裏沒有親人，我死後你要他們送我回蘇

州吧。」紫鵑慌了，連忙去請人來看，

這時探春來了，一摸黛玉的手已經涼

了。大家都痛哭起來，這時黛玉最後用

jìn le lì hǎn le yì shēng bǎo yù bǎo yù nǐ
盡了力，喊了一聲：「寶玉，寶玉，你

hǎo rán hòu jiù qù shì le
好⋯⋯」然後就去世了。

賈寶玉淚灑瀟湘館

寶玉失了玉後一直癡癡呆呆的，鳳姐騙寶玉說給他娶黛玉，寶玉又彷彿清醒過來，非常高興。這天晚上寶玉成親，鳳姐怕寶玉懷疑，就安排黛玉的丫頭雪雁過來服侍。寶玉一見是雪雁就完全放心了。雪雁扶着穿了喜服的寶釵坐在牀上，寶玉高興地走到寶釵面前問：

「妹妹最近的身體可好些了？」就伸手去揭寶釵的紅蓋頭，揭開蓋頭，見到的卻是打扮得漂漂亮亮的寶釵，寶玉不信，又持燈近看，頓時呆了，拉着襲人

問：「坐在
wèn zuò zài

那裏的美人是誰啊？」
nà li de měi rén shì shéi a

襲人笑着說：「是
xí rén xiào zhe shuō shì

新娶的二奶奶，
xīn qǔ de èr nǎi nai

是寶姑娘啊。」寶
shì bǎo gū niang a bǎo

玉急問：「林姑娘呢？怎麼不是林姑娘呢？」襲人說：「給你娶的就是寶姑娘。」

寶玉聽了又呆了，只是傻傻地站着。

這天寶玉睡醒，心裏明白了一些，房中只有襲人，他就叫襲人過來，拉着她的手哭道：「寶姐姐怎麼來了？我記得老太太給我娶的是林妹妹啊！」襲人不敢告訴他黛玉已死，騙他說：「林姑娘病着呢。」寶玉就哭着哀求她：「你跟老太太說，反正我和林妹妹都是要死的啦，你們倒不如把我們兩個放在一個房子裏，活着就一起服侍、一起醫治，死了就停放在一起。」寶釵聽了就走出

來對寶玉説：「你連父母都沒盡到孝心就只想着死，特別是老太太，特別疼你，盼你考取功名，你怎麼只想到死呢？」寶玉聽了，無話可説。半天才説：「你説什麼大道理呢？」寶釵又説：「實話告訴你，林妹妹已經去世了。」寶玉聽了，哭得暈了過去。

寶玉醒來後，掙扎着來到瀟湘館，只見到瀟湘館裏幾竿竹子，卻再也聽不到黛玉的聲音了，心裏十分悲痛。走進房裏見到黛玉的棺柩，禁不住伏在棺柩上痛哭起來。寶玉沒見到紫鵑，就到房裏來找她。紫鵑恨寶玉如此對黛玉，就

213

bù gěi tā kāi mén　　bǎo yù kū zhe qiāo mén　　jiào dào
不給他開門。寶玉哭着敲門，叫道：

zǐ juān jiě jie　　nǐ huí dá wǒ a　　zǐ juān zài fáng
「紫鵑姐姐，你回答我啊。」紫鵑在房

裏說：「二爺如今是娶了親的人了，我們這裏不要隨便來了。」寶玉仍舊哭着說：「都是她們哄我說要娶林妹妹，如今妹妹也去了，你也不理我了。」紫鵑說：「二爺還是回去吧！不要再說了，姑娘已死了。」寶玉聽了肝腸寸斷，說：「罷了，唯有老天爺知道我的心了。」

探春遠嫁迎春去世

這天，賈政正在書房看書，下人送上一封信，原來是一個老朋友寫給他的，信裏是向賈政求親。賈政心想這也是個好人家，這家的孩子人也長得好，剛好跟探春相配。只是那人即將調任到邊疆當官，探春嫁去他家的話就要遠離京城遠離家人了。賈政回去跟賈母和王夫人商量，賈母說：「好是好的，只是隔得太遠了。」王夫人說：「我們兩家都是當官的，說不定日後他們也會調進京城來。」於是就答應了。

寶玉聽到這個消息之後，傷心地哭
了，說：「大姐姐死了，林妹妹也做神

仙去了，二姐姐嫁了大壞蛋，如今連三妹妹也要嫁到那麼遠去了，大觀園裏的姐妹都散啦。」寶釵責備他說：「難道你想着姐妹們都守着你過一輩子嗎，她們都不要成家嗎？」寶玉説：「這道理我懂，只是想着傷心而已。」

探春出嫁的日子就要到了，全家都在忙着準備，這時孫家人來報説迎春病重了。賈母忙派人去看望，去的人回來歎息説：「二姑娘的日子過得很慘，姑爺每天都打罵她。姑娘只是哭，也不敢説什麼。她叫我們別再送東西去了，送去的東西她也沒辦法用，姑爺看見了就

會打她。她現在病得那麼重都沒人服侍。」賈母和王夫人聽了都很傷心，寶玉就要去接迎春回來，可是家裏面的人都不聽他的，賈赦和邢夫人也不管。沒過幾天，就有消息來說迎春去世了。大家都在悲傷，只有寶玉想，二姐姐去了也好，那裏本來就沒有什麼好的，早點走也好少受點苦。

這天是探春出嫁的日子了，探春穿戴整齊，出來拜別賈母和王夫人，眾人知道探春這一去也不知道什麼時候才能見面了，都十分傷感。探春更是哭得説不出話來，她對寶玉説：「二哥哥，我

一去就不知道什麼時候可以回來，你別忘記我，沒事也想想我們當初作海棠詩的事。」寶玉心如刀絞說：「好妹妹你放心，我們總還會見面的。」探春又走到趙姨娘面前拜了一拜，說：「姨娘生了我，我心裏總是惦記的，如今我去了，姨娘自己多保重。」趙姨娘平時雖然恨探春不幫着她，但畢竟是自己的女兒，現在見她要走了，也許再也見不到了，也是哭得說不出話來。

賈府失勢被抄家

這一天，賈政正在家裏宴客，忽然

下人來報說：「錦衣府的趙大人來訪。」

話音剛落，只見趙大人帶了一羣人走進

來，一進來就說：「賈政、賈赦聽旨。」

賈政等慌忙跪在地上，只聽到趙大人

說：「查賈赦、賈珍依勢凌弱，逼人至

死，今革職，查封所有家產。」賈政、

賈赦聽完大驚失色。趙大人說完就命令

手下查封，又對賈政說：「現在皇上還

是體恤你，才只是查封家產而已。你去

安排一下家裏人吧，等下我們就要抄家

222

了。」賈政
聽了趕忙跑
進來稟告賈
母。

這時鳳姐正病重，聽
到抄家，急得暈了過去。賈璉忙得顧不
上她，只有平兒還是忠心地細心照顧着
她。平兒見那些人氣沖沖來抄家，忙把
鳳姐扶出來。鳳姐醒來見家裏被抄得亂

七八糟，一片狼藉，自己平日積存的金銀珠寶全部都沒了，卻不敢埋怨。她哭着對平兒說：「唉，早知道有今天，以前我也不用那麼操心。如今家裏人個個怨我恨我，有什麼意思呢。我巴不得現在死了才好。」平兒聽了心酸難過，勸慰她說：「您不要說這話，您女兒巧姐還小，您要好好保重自己的身子啊！」

賈母已經八十多歲了，受了這番驚嚇，就一病不起了。這天，大家都圍在賈母身邊，賈母坐起身，叫來寶玉說：「我是最疼你的，如今我要去了，你以後要好好讀書、爭氣啊！」寶玉聽了心

<ruby>裏<rt>li</rt></ruby><ruby>一<rt>yì</rt></ruby><ruby>酸<rt>suān</rt></ruby>，<ruby>又<rt>yòu</rt></ruby><ruby>不<rt>bù</rt></ruby><ruby>敢<rt>gǎn</rt></ruby><ruby>大<rt>dà</rt></ruby><ruby>哭<rt>kū</rt></ruby>，<ruby>怕<rt>pà</rt></ruby><ruby>惹<rt>rě</rt></ruby><ruby>賈<rt>jiǎ</rt></ruby><ruby>母<rt>mǔ</rt></ruby><ruby>傷<rt>shāng</rt></ruby><ruby>心<rt>xīn</rt></ruby>。

<ruby>賈<rt>jiǎ</rt></ruby><ruby>母<rt>mǔ</rt></ruby><ruby>又<rt>yòu</rt></ruby><ruby>對<rt>duì</rt></ruby><ruby>鳳<rt>fèng</rt></ruby><ruby>姐<rt>jiě</rt></ruby><ruby>説<rt>shuō</rt></ruby>：「<ruby>你<rt>nǐ</rt></ruby><ruby>平<rt>píng</rt></ruby><ruby>日<rt>rì</rt></ruby><ruby>也<rt>yě</rt></ruby><ruby>是<rt>shì</rt></ruby><ruby>太<rt>tài</rt></ruby><ruby>聰<rt>cōng</rt></ruby><ruby>明<rt>míng</rt></ruby><ruby>了<rt>le</rt></ruby>，<ruby>以<rt>yǐ</rt></ruby><ruby>後<rt>hòu</rt></ruby><ruby>不<rt>bú</rt></ruby><ruby>要<rt>yào</rt></ruby><ruby>太<rt>tài</rt></ruby><ruby>逞<rt>chěng</rt></ruby><ruby>強<rt>qiáng</rt></ruby>，<ruby>將<rt>jiāng</rt></ruby><ruby>來<rt>lái</rt></ruby><ruby>修<rt>xiū</rt></ruby><ruby>修<rt>xiu</rt></ruby><ruby>福<rt>fú</rt></ruby><ruby>吧<rt>ba</rt></ruby>！」

<ruby>鳳<rt>fèng</rt></ruby><ruby>姐<rt>jiě</rt></ruby><ruby>聽<rt>tīng</rt></ruby><ruby>了<rt>le</rt></ruby><ruby>心<rt>xīn</rt></ruby><ruby>裏<rt>li</rt></ruby><ruby>也<rt>yě</rt></ruby><ruby>很<rt>hěn</rt></ruby><ruby>難<rt>nán</rt></ruby><ruby>受<rt>shòu</rt></ruby>，<ruby>拉<rt>lā</rt></ruby><ruby>着<rt>zhe</rt></ruby><ruby>賈<rt>jiǎ</rt></ruby><ruby>母<rt>mǔ</rt></ruby><ruby>的<rt>de</rt></ruby><ruby>手<rt>shǒu</rt></ruby><ruby>直<rt>zhí</rt></ruby><ruby>掉<rt>diào</rt></ruby><ruby>淚<rt>lèi</rt></ruby>。<ruby>賈<rt>jiǎ</rt></ruby><ruby>母<rt>mǔ</rt></ruby><ruby>説<rt>shuō</rt></ruby><ruby>完<rt>wán</rt></ruby>，<ruby>看<rt>kàn</rt></ruby><ruby>了<rt>le</rt></ruby><ruby>全<rt>quán</rt></ruby><ruby>家<rt>jiā</rt></ruby><ruby>人<rt>rén</rt></ruby><ruby>一<rt>yì</rt></ruby><ruby>眼<rt>yǎn</rt></ruby>，<ruby>就<rt>jiù</rt></ruby><ruby>微<rt>wēi</rt></ruby><ruby>笑<rt>xiào</rt></ruby><ruby>着<rt>zhe</rt></ruby><ruby>去<rt>qù</rt></ruby><ruby>世<rt>shì</rt></ruby><ruby>了<rt>le</rt></ruby>，<ruby>全<rt>quán</rt></ruby><ruby>家<rt>jiā</rt></ruby><ruby>上<rt>shàng</rt></ruby><ruby>上<rt>shàng</rt></ruby><ruby>下<rt>xià</rt></ruby><ruby>下<rt>xià</rt></ruby><ruby>都<rt>dōu</rt></ruby><ruby>大<rt>dà</rt></ruby><ruby>哭<rt>kū</rt></ruby><ruby>起<rt>qǐ</rt></ruby><ruby>來<rt>lai</rt></ruby>，<ruby>尤<rt>yóu</rt></ruby><ruby>其<rt>qí</rt></ruby><ruby>是<rt>shì</rt></ruby><ruby>鴛<rt>yuān</rt></ruby><ruby>鴦<rt>yāng</rt></ruby>，<ruby>更<rt>gèng</rt></ruby><ruby>是<rt>shì</rt></ruby><ruby>哭<rt>kū</rt></ruby><ruby>得<rt>de</rt></ruby><ruby>昏<rt>hūn</rt></ruby><ruby>死<rt>sǐ</rt></ruby><ruby>過<rt>guò</rt></ruby><ruby>去<rt>qu</rt></ruby>。

鴛鴦殉主妙玉遭劫難

賈母去世，賈府上下都在忙着給她準備葬禮，這時鴛鴦來找鳳姐，她拿了賈母平時的一點積蓄交給鳳姐說：「二奶奶看在老太太當日那麼疼愛你的份上，幫老太太把葬禮辦得風光些吧，要不我到時怎麼跟老太太說呢？」

鳳姐見她說得奇怪，就跟

她說：「你放心，老太太的葬禮我當然會盡力，這家裏雖然沒剩多少錢了，但是老太太的葬禮是不會馬虎的。」鴛鴦聽了

千恩萬謝地走了出去。

賈母出殯的前一天，鴛鴦到賈母的靈前又痛哭了一場。她想到：老太太走了，到時候我們也是任人擺布，我是受不得這樣折磨的，不如死了算了。打定主意後，她就在房裏上吊自盡了。

賈府抄了家，賈母又去世了，賈家

上下一片大亂。家裏面有些壞心腸的僕人就打起家裏的主意了，他們把家裏的東西偷出去變賣，還勾結強盜來偷東西。這天夜裏，家裏又來了幾個強盜，他們到處搜索，來到了櫳翠庵，這時妙玉正在唸經。有一個強盜在窗外偷偷一看，見妙玉長得非常漂亮，就起了歹心。他往屋裏吹悶香，這種悶香人若一聞到便手腳麻痺，不能動彈，一會兒妙玉話也說不出來，那強盜背起妙玉就走了。眾人一早才發現妙玉不見了，可是也不知道去哪裏追。妙玉

<ruby>從<rt>cóng</rt></ruby> <ruby>此<rt>cǐ</rt></ruby> <ruby>就<rt>jiù</rt></ruby> <ruby>不<rt>bù</rt></ruby> <ruby>知<rt>zhī</rt></ruby> <ruby>道<rt>dào</rt></ruby> <ruby>去<rt>qù</rt></ruby> <ruby>哪<rt>nǎ</rt></ruby> <ruby>了<rt>le</rt></ruby> 。

<ruby>賈<rt>jiǎ</rt></ruby> <ruby>府<rt>fǔ</rt></ruby> <ruby>為<rt>wèi</rt></ruby> <ruby>賈<rt>jiǎ</rt></ruby> <ruby>母<rt>mǔ</rt></ruby> <ruby>辦<rt>bàn</rt></ruby> <ruby>葬<rt>zàng</rt></ruby> <ruby>禮<rt>lǐ</rt></ruby> <ruby>時<rt>shí</rt></ruby> ，<ruby>湘<rt>xiāng</rt></ruby> <ruby>雲<rt>yún</rt></ruby> <ruby>也<rt>yě</rt></ruby> <ruby>來<rt>lái</rt></ruby>

<ruby>了<rt>le</rt></ruby> 。<ruby>之<rt>zhī</rt></ruby> <ruby>前<rt>qián</rt></ruby> <ruby>湘<rt>xiāng</rt></ruby> <ruby>雲<rt>yún</rt></ruby> <ruby>的<rt>de</rt></ruby> <ruby>叔<rt>shū</rt></ruby> <ruby>叔<rt>shu</rt></ruby> <ruby>回<rt>huí</rt></ruby> <ruby>京<rt>jīng</rt></ruby> <ruby>後<rt>hòu</rt></ruby> ，<ruby>就<rt>jiù</rt></ruby> <ruby>把<rt>bǎ</rt></ruby> <ruby>湘<rt>xiāng</rt></ruby> <ruby>雲<rt>yún</rt></ruby>

<ruby>接<rt>jiē</rt></ruby> <ruby>回<rt>huí</rt></ruby> <ruby>家<rt>jiā</rt></ruby> <ruby>去<rt>qù</rt></ruby> <ruby>住<rt>zhù</rt></ruby> 。<ruby>沒<rt>méi</rt></ruby> <ruby>多<rt>duō</rt></ruby> <ruby>久<rt>jiǔ</rt></ruby> ，<ruby>就<rt>jiù</rt></ruby> <ruby>把<rt>bǎ</rt></ruby> <ruby>湘<rt>xiāng</rt></ruby> <ruby>雲<rt>yún</rt></ruby> <ruby>嫁<rt>jià</rt></ruby> <ruby>給<rt>gěi</rt></ruby> <ruby>京<rt>jīng</rt></ruby>

城的一户人家。湘雲的丈夫為人很好，

知書達禮。湘雲自己也很願意，哪知道

好景不長，嫁過去沒多久，丈夫就生病

了，怎麼治都治不好，湘雲要照顧丈

夫，所以沒辦法過賈家來。如今聽到賈

母去世了，這才匆匆趕過來，跪在靈前

大哭，又想起自己自幼父母就沒了，在

叔叔家過得又不好，好不容易嫁了一個

好丈夫，可也看着快不行了，以後自己

怎麼辦。湘雲越想越難受，哭得暈了過

去。

惜春出家鳳姐離世

在賈府四姐妹中，惜春年紀最小，她看到姐妹中迎春被別人折磨死了，黛玉也死得淒慘，探春又嫁到了遠方再也看不見，湘雲現在守着重病的丈夫也很可憐；如今府裏被抄了家，什麼都沒了，往日姐妹們在一起快樂的日子再也沒有了，心裏很悲傷。她自幼性格就有些古怪，如今家裏碰上這些事，她就想我還不如做尼姑算了，不用理這些閒事。姐妹們又有相貌又有才氣，可是到頭來死的死，走的走，有什麼意思？打

定主意後，就想剪去頭髮出家，

誰勸她也不聽，她嫂子看見沒辦

法，就讓她在自己屋裏誦經拜佛，帶髮修行。

這邊鳳姐的病越來越重了，賈璉也不理她，每天回到家裏就是來拿錢。

以前鳳姐太厲害，家裏很多人都抱怨她，希望她早死，只有平兒還是依舊守在她身邊。這天劉姥姥聽說賈家出事，從鄉下趕來看望。劉姥姥看到賈母已經去世了，眾姐妹們死的死，散的散，連平日最威風的鳳姐也病成這樣，心裏十分悲傷。劉姥姥走到鳳姐牀前，鳳姐流着淚對劉姥姥說：「我就快去了，只有我的女兒巧姐我放心

不下，不如姥姥把她帶去吧。」劉姥姥

說：「姑娘這樣千金玉體，到我們那

裏，我拿什麼給她呢？二奶奶只管放

心，如果有什麼事還有我呢！」鳳姐又

和劉姥姥說了會話，劉姥姥回去後，不

久鳳姐就去世了。後來巧姐果然遭了

難，劉姥姥於危難中救了她。

這天，寶玉生病了，人又變得癡癡呆

呆的，甚至連飯也吃不下，大夫看了也說

沒救了。這時，有僕人來報說，有個和尚

拿著寶玉的玉來了，說要拿一萬兩銀子才

能換。賈政叫人去請，和尚已自己跑進

寶玉的房裏了。和尚拿著玉對躺在牀上

的 寶玉

說：「寶

玉，寶玉，你

的『寶玉』

回來了。」才

一句，寶玉的眼睛就睜開

了。和尚見他醒來，把玉遞到他手裏，就

跑出來向賈政要銀子，可是家裏已經難湊

那麼多錢了。這時寶玉拿着玉對王夫人她

們說：「不用給他錢，我跟他走就是了。」

王夫人她們聽了這句話都嚇壞了，大家拚

命抱住寶玉不讓他走，但寶玉心裏已有了

出家的想法了。

寶玉出家斷紅塵

這一年到了每年鄉試的時間，寶玉和侄兒賈蘭要準備去考試了。這一天是出行的日子，寶玉臨走時，給王夫人跪下，流着淚說：「母親生我養我，兒子卻沒能報答，這一次一定去考個功名來讓太太歡喜，那時太太歡喜，兒子一世的事也就做完了。」王夫人見他說得如此奇怪，忍不住落淚。寶玉又對寶釵說：「姐姐，我要走了，你跟着太太聽我的喜訊吧。」寶釵的眼淚直流下來，大家覺得他的話奇奇怪怪，於是忙叫他

出門。王夫人和寶釵像生離死別似的，寶玉反而嘻哈大笑，又大聲說：「走了，走了！不再胡鬧了，完了事了！」就大笑着出門了。

考完沒多久，就有人來報喜說寶玉考中

了，家裏人日夜盼着他們回來。可是過了幾天，賈蘭回來了，說寶玉不見了。家裏人到處去找都找不到。王夫人和寶釵急得哭了，可是寶玉仍是一點消息也沒有。襲人也很傷心，哭得都暈過去了。王夫人和寶釵商量說：「襲人本來

是預備着給寶玉做妾的，可是現在寶玉不知道哪裏去了，總不能讓襲人也一輩子在家裏面等他，還是讓她出去早點嫁人吧。」襲人雖然不願意，但至此也沒有辦法，想着出去自己再去尋死的了。

哪知娶她的卻是寶玉的朋友，他對襲人很好，襲人就不再尋死了。

賈政這時正把賈母的靈柩送回故鄉。一日卻接到家裏的信，知道寶玉和賈蘭考中功名了，很是歡喜。但又看到寶玉不知到哪裏去了，於是急忙坐船回京城。一天晚上，外面下着大雪，賈政正在船裏寫信，突然看到岸邊有個和尚

在向他鞠躬，他覺得奇怪，仔細一看，那個人像是寶玉，賈政急忙下船追了出去，問道：「你是寶玉嗎？為什麼這樣打扮？」那和尚不說話，卻走來了一個僧人一個道士，對寶玉說：「是時候回去了。」說完拉着寶玉就跑，一邊跑，一邊唱着：「我本來住在青埂峯上，現在要回到青埂峯去了。」賈政追出去時，已不見那三個人，只看見天地間一片白茫茫的雪，哪裏有人？什麼也沒有了。

趣味思考

1. 你認為黛玉特別愛哭的原因是什麼？

2. 賈母疼黛玉多點還是疼寶釵多點？為什麼她一定要把寶釵嫁給寶玉，而不是黛玉？

寶釵

黛玉

3. 寶玉的通靈寶玉到底意味着什麼？

4. 本書中寶玉、黛玉、妙玉三人的名字中都帶一個玉字，這是作者隨意取的名字嗎？如果不是，你能説説自己的理解嗎？

5. 劉姥姥只不過是一個鄉間的農婦，王熙鳳這麼威風、厲害的人臨死前還要託劉姥姥幫忙，這說明了什麼呢？

6. 趙姨娘是探春的親生母親，為什麼探春叫自己的親生母親為姨娘呢？

7. 大觀園中，黛玉住在瀟湘館，你知道作者這樣安排有什麼用意嗎？

四大名著 · 漢語拼音版

紅樓夢

原　　著：曹雪芹
插　　畫：立雄
責任編輯：潘宏飛
美術設計：李成宇
出　　版：新雅文化事業有限公司
　　　　　香港英皇道499號北角工業大廈18樓
　　　　　電話：(852) 2138 7998
　　　　　傳真：(852) 2597 4003
　　　　　網址：http://www.sunya.com.hk
　　　　　電郵：marketing@sunya.com.hk
發　　行：香港聯合書刊物流有限公司
　　　　　香港荃灣德士古道220-248號荃灣工業中心16樓
　　　　　電話：(852) 2150 2100
　　　　　傳真：(852) 2407 3062
　　　　　電郵：info@suplogistics.com.hk
印　　刷：中華商務彩色印刷有限公司
　　　　　香港新界大埔汀麗路36號
版　　次：二〇一三年七月初版
　　　　　二〇二二年四月第四次印刷

ISBN: 978-962-08-5832-1
© 2013 Sun Ya Publications (HK) Ltd.
18/F, North Point Industrial Building, 499 King's Road, Hong Kong.
Published in Hong Kong, China
Printed in China